Horst Stern, 1922 geboren, wurde als Journalist weithin bekannt durch seine Fernsehfilme über gestörte Mensch-Tier-Beziehungen und den Ausverkauf der Natur. An seine ersten literarischen Erfahrungen nach Kriegsende, als er in der Zeitschrift *Der Ruf* publizierte, aus der die *Gruppe 47* hervorging, schloß Stern 1986 nach langen Jahren des Forschens und Schreibens mit seinem ersten Roman *Mann aus Apulien* an, einer fiktiven Autobiographie des Staufenkaisers Friedrich II.

Von Horst Stern sind außerdem erschienen:

»Mann aus Apulien« (Band 2044)
»Bemerkungen über den Rothirsch« (Band 3989)
»Bemerkungen über das Hausschwein« (Band 3990)

Vollständige Taschenbuchausgabe Mai 1991
Droemersche Verlagsanstalt Th. Knaur Nachf., München
© 1989 Kindler Verlag GmbH, München
Das Werk einschließlich aller seiner Teile ist urheberrechtlich geschützt.
Jede Verwertung außerhalb der engen Grenzen des Urheberrechtsgesetzes ist ohne Zustimmung des Verlages unzulässig und strafbar. Das gilt insbesondere für Vervielfältigungen, Übersetzungen, Mikroverfilmungen und die Einspeicherung und Verarbeitung in elektronischen Systemen.
Umschlaggestaltung Manfred Waller
Umschlagfoto G + J Fotoservice
Druck und Bindung Elsnerdruck, Berlin
Printed in Germany 5 4 3 2 1
ISBN 3-426-03173-6

Horst Stern:
Jagdnovelle

In einem östlichen Land, in einem Museum, das die Jagd und ihre Kreaturen zum Gegenstand hat, hängt an einer Wand, gerahmt und unter Glas und aufgespannt auf grünem Tuch, das Fell eines Bären. Auch ohne die Belehrung durch ein kleines Schild am unteren Rahmen sieht man sogleich, daß es sich um ein außergewöhnlich großes Tier gehandelt haben muß, als man es, in den siebziger Jahren dieses Jahrhunderts, aus seiner Decke schlug. Mannshoch, mit den Stümpfen der Arme und Beine pathetisch ausgreifend aus der Kontur des aufrecht gebreiteten Fells, das Haar dicht und dunkel, bedroht der Bär noch als kopflose Trophäe die ihm sich nähernden Menschen, so daß ihre Stimmen mit jedem Schritt auf ihn zu leiser werden, gedämpft von dunkler Angst vor dem als lebend gedachten Tier.

Das Schild nennt zum Datum den ungefähren Ort der Bärentötung und den Namen des Töters. Es ist ein Name, der heiter ins Rheinische weist, und von der Kürze eines Schusses. Wo man hier, wenn überhaupt einen Menschennamen, den eines Herausgehobenen erwartet hätte, vielleicht sogar den des Diktators, steht da ein Name, der zum Schamanischen dieser Trophäe nicht passen will, eher schon zur Bürgerlichkeit des schmuck gebördelten grünen Tuches, das den Umrissen der ihm aufliegenden Bärendecke folgt, wie das Dekorationspapier des Konditors unter seinen Torten. Ein Name auch, der den einen oder anderen Besucher im Hinausgehen ratlos nach dem Preis des Schusses auf ein solches Tier fragen läßt, so als sei Geld die allein vorstellbare Beziehung zwischen diesem als magisch geringgewichtig empfundenen Jäger und seiner aus den Wäldern gekommenen urweltlichen Beute. Der Kustos des Museums sagt dazu nur, daß die Bärendecke nach der internationalen Madrider Formel einen Größenrekord darstelle, weshalb der Erleger sie nach dem Gesetz nicht außer Landes nehmen durfte, den Schuß freilich auch nicht zu bezahlen brauchte.

Davon, von diesem Bär und seinem Erleger, handelt die folgende Geschichte. Hinter ihren Wörtern ist sie wahr.

Joop, wie er nicht hieß, stand hinausschauend am Fenster seines Büros im obersten Stockwerk eines Bankhochhauses. Es war spät am Abend, im Mai, und es regnete. Das am Dachkranz montierte, pulsartig flammende riesige Wahrzeichen der Großbank warf sein zu Waschblau zerflossenes optisches Echo unter die niedrige Wolkendecke am Himmel. Joop dachte, daß Flugzeuge im nächtlichen Sinkflug mit ihren intermittierenden Landelichtern den gleichen Effekt erzeugen, wenn sie die tiefhängenden Wolken über einer Stadt durchstoßen. Die Unzeitigkeit dieses Gedankens zeigte Joop Müdigkeit an; er erlaubte sich dergleichen sonst nicht.

Joop führte die Auslandsgeschäfte der Bank. Seine Umgebung beschrieb ihn, wenn nachfragend die Rede auf ihn kam, mit Vokabeln, die zur Etage seines Büros gehörten wie die gekübelten Yuccabäume in den Zimmerecken und die mäzenatisch angeschaffte moderne Kunst an den Flurwänden: effizient, dynamisch, durchsetzungsfähig. Aber ein für vokale Nuancen empfängliches Ohr konnte in letzter Zeit wahrnehmen, daß sich die Stimmen der Beurteiler Joops beim Gebrauch dieser Wörter an deren Endsilben hoben. Freilich geschah dies so leicht, daß offenblieb, ob sich darin eine affirmative Betonung dessen ausdrückte, was die Wörter besagten, oder ein erster Zweifel an ihrer weiteren Anwendbarkeit auf Joop. Joop war sechzig.

Er drehte sich vom Fenster zurück in das gedämpft beleuchtete Zimmer, einem Rechteck von beträchtlichen Ausmaßen mit großen, von offengestellten Innenjalousien skelettierten Fenstern in der einen Längswand und drei Türen aus Edelholz in der anderen; eine führte ins Sekretariat, die mittlere, nur von innen zu öffnende, hinaus auf den Korridor und die dritte in einen kleinen Konferenzraum. An den Schmalseiten stand spärliches Mobiliar. Raumbeherrschend war ein selbst für wichtigste Arbeit unangemessen großer Schreibtisch aus dunkler, schwach grau gemaserter Mooreiche. Die mächtige Platte ruhte auf sechs Chromstahlbeinen, die rechts und links vom Fußraum, jeweils zu dritt, zwei nach außen offene Dreiecke bildeten. Wo der hochlehnige Ledersessel stand, war die Platte markant nach innen gebuchtet — eine diskrete, als Design kaschierte Anpassung an die beträchtliche Beleibtheit von Joops Vorgänger. Solche Falstaffgestalten trifft man nicht mehr in den Vorstandsetagen großer Unternehmen; auch Joop war, bei dichtem grauen Haar und mittelgroßer Figur, an Bauch und Gesäß, Hüften und Oberschenkeln straff; kein unnötiges Fett strapazierte, auch im Sitzen nicht, die Nähte seiner Maßkleidung oder durchfeuchtete gar mit Schweiß seine korrekt geknöpften eleganten Hemden.

Den Tisch hatte er bei seinem Amtsantritt achselzuckend toleriert. Es war ihm nicht wichtig gewesen, und ganz ohne Stil war das Möbel ja auch nicht. Zudem disziplinierte die Schweinebucht, wie die Aussparung in der Platte im Hause genannt wurde, mahnend Joops Eßgewohnheiten. Auch leistete er an diesem Tisch wenig anderes als Unterschriften. Seine eigentlichen Arbeitsplätze waren zwei funktionsgerechte, dem Hauptmöbel stilistisch angenäherte Beistelltische für diverses modernes Kommunikationsgerät und einen Tischcomputer. Der Drehsessel erlaubte Joop ein rasches Hin und Her zwischen diesen Apparaten, und selten hatten die beiden Frauen seines Vorzimmers, wenn sie bei ihm eintraten, ihn anders gesehen als telefonierend oder damit beschäftigt, den Monitor mit Finanzdaten zu beschicken.

Seit einiger Zeit jedoch tauschten sie, mehr beunruhigt als belustigt, Vermutungen darüber aus, warum sie Joop letzthin immer wieder einmal versunken in die Betrachtung eines großen wunderlichen Acrylbildes antrafen, das Joops Privatbesitz war und das einzige, das sein Zimmer schmückte. Kostbar silbern gerahmt, hing es über einem schwarzledernen Ruhesofa an der gegenüber dem Schreibtisch befindlichen Schmalwand. Die Vermutungen galten einer das Bild beherrschenden, in durchsichtigen Farben mit morbider Artistik gemalten, fließend gewandeten Frauenfigur. In tiefelosen Umrissen, Grafik mehr als Gemälde, stand sie in streng durchgeführtem Linksprofil. Eine armlos erscheinende Hand hob mit manieristisch gespreizten Fingern aus dem blaßgelben, schulterfreien Kleid eine über die Maßen sinnliche, von einer erigierten Warze stigmatisierte Brust ans fahle Hintergrundlicht.

Die Vermutung der beiden Frauen in Joops Vorzimmer, es könnte gerade dieses Bilddetail den Chef bis zur Selbstvergessenheit anziehen, wurde nicht nur durch Joops fortgeschrittenes Alter genährt, in welchem den Mann in der Meinung von Frauen oft ein unwiderstehlicher Zwang befällt, erotische Stimulantien zu konsumieren. Es kam hinzu, daß Joop, um hin und wieder ein wenig ruhen zu können während seiner häufigen Nachtarbeit, die durch seine weltweiten Transaktionen mit ihren Zeitverschiebungen unumgänglich war, vor dem Sofa, und damit auch vor dem Bild, einen diskreten, in einer Deckenschiene über die ganze Raumbreite gehenden Vorhang hatte anbringen lassen.

Als er wieder einmal von einer der Frauen bei geöffnetem Vorhang vor diesem Bild stehend angetroffen worden war und er in ihrem Wegsehen, ja Wegdrehen, während sie ihm eine geschäftliche Mitteilung machte, und auch an ihrer Stimme, die von Verlegenheit gefärbt war, ihre Gedanken erraten zu haben glaubte, hatte er, indem er sich zu ihr drehte und sie frei anlächelte, ohne Vorrede gesagt, die nackte Brust der Diana sei rein konventionell, denn — dies im Ton eines des Selbstverständlichen überdrüssigen

Schulmeisters und beiseite — niemand anderen als die stets barbusig gezeigte Göttin der Jagd stelle die Figur dar, trage sie doch einen Beizfalken auf der rechten Hand; auch vergieße im Bild ein ätherisches Hasentier als Opfergabe für sie sein Blut. Der ihr opfernde Jäger komme von da unten — Joop hatte auf die kleine Schattenfigur im Hintergrund des Bildes gewiesen — zur Diana auf eine Terrasse herauf, seine auf den Hasen leergeschossene Flinte im Arm. Es habe also die Brust für die Bildaussage keine wirkliche Bedeutung, ebensowenig wie für ihn, egal, was man im Hause anderes glauben mochte.

Letzteres hatte er gegen seine Absicht gesagt, aus schwacher Belustigung über die Verlegenheit der Frau eher als aus dem Wunsch, sie ihrer dahintersteckenden Gedanken wegen zurechtzuweisen. Doch war Ärger in ihm aufgestiegen, als er sich unvermittelt über ein Thema dozieren hörte, das im Geschäftsbetrieb einer Bank ganz und gar unmöglich war. Dieser Ärger, obwohl selbstverschuldet, hatte ihn ungerecht gemacht; wo Schweigen das Beste gewesen wäre, hatte er die Frau, mit der ihn nur eine kühle, von gegenseitiger Höflichkeit bestimmte Beziehung verband, tollkühn weiter gedemütigt, indem er sagte, es sei dies in Rede stehende, für manche Leute offenbar anstößige anatomische Detail der Diana schon deshalb konventionell, nur mythologisch motiviert, weil dieser Teil ihres Körpers, betrachtete man ihn realistisch, rein menschlich sozusagen, für eine Frau von den Gewohnheiten einer Diana, in denen es doch über Stock und Stein ginge, hüpfend und springend immer hinter den Hunden her, diesen anderen konventionellen Attributen der Göttin ...

An dieser Stelle hatte er gestockt, weil er sich im hastigen Bedenken der möglichen menschlichen Eigenschaften einer jagdlich bewegten göttlichen Brust nicht zwischen den Wörtern *lästig*, *beschwerlich* oder gar *schmerzhaft* im Tempo seines Sprechens zu entscheiden vermochte; ein jedes schien ihm immer noch degoutanter zu sein als das andere. Und so hatte er sich zum Schluß in seinem Eifer, nichts zu seiner Rechtfertigung auszulassen, heillos verrannt. Wahrscheinlicher indes war, daß ihm das Messer seines der Selbstbeobachtung fähigen Verstandes gerade noch rechtzeitig den Faden der unerquicklich gewordenen Suada durchtrennt hatte. Aber die Frau hatte schon verstanden gehabt; um Entschuldigung bittend, war sie verwirrt und hochroten Kopfes aus dem Zimmer geflohen.

In jenem, ein paar Wochen schon zurückliegenden Augenblick der Selbstentblößung und der brennend empfundenen Scham darüber war Joop klargeworden, daß es sehr wohl das Fleisch der Diana war, das ihn anzog, in mystischer Verbindung mit dem Blut des Hasen im Bild, der als Opfergabe eines Jägers sein Leben rot vertropfte. Das wiederholte Verweilen Joops vor diesem Bild galt zuvörderst dem Schattenmann mit der Flinte im Arm. In ihm suchte er die eigene Gestalt, das eigene Wesen. Und im verblutenden Hasen sah er sein Leben vertropfen, dessen Rest er, das waren nun vermehrt seine Gedanken, gern der Diana geopfert hätte. Joop war Jäger.

Er zog den Vorhang zu, löschte das Licht und verließ sein Büro. Den Chauffeur, der an der Pforte auf ihn wartete, entließ er. Er ging zu Fuß in die Nacht. Regentropfen rannen ihm über das Gesicht; unwirsch wischte er sie weg.

Wenn der Bär sich sichernd umsah, rollte das locker bebuschte Hügelland über den Horizont und fiel ins Ungewisse, so schnell lief er. Aber es war auch nur der Horizont eines Bären, sehr weit nicht und nicht sehr scharf. Der Adler sieht ein Blatt fallen, der Kojote kann es hören, der Bär kann es riechen, sagten die Sioux, lange bevor die Wissenschaft der Weißen mit Meßdaten und Diagrammen dem Bär die göttliche Aura stahl. Noch immer aber macht er sich witternd ein Bild von der Welt. Hier nun lief er in seinem eigenen, nach Höhle und Darm riechenden Dunst, der sich in den Monaten der Winterruhe im Fell festgesetzt hatte. Mit tiefgenommener, laut atmender Nase laufend, roch er nicht viel anderes, als was ihm sein hochbeiniger Schaukelgalopp aus dem schlotternden Fell schüttete, denn der Wind in seinem Rücken hielt ihn mit diesem Dunst ummantelt. Aber als der Wind sich, unschlüssig, wohin er gehen sollte, einmal im Kreis drehte, nahm der Bär in seinem Eigendunst plötzlich einen Stich ins Aasige wahr, einen schalen Hauch von Blut auch. Das trieb ihm, ein Zeichen seines großen Hungers, sogleich lange Speichelfäden aus dem Maul. Unterm Schaukeln des Kopfes verfingen sie sich im Brustfell und glänzten darin wie Perlenschnüre. Es war Nachmittag, und der Bär lief nach Westen, auf die schon tiefstehende Sonne zu. Der Blutgeruch war ihm wie ein Knüppel zwischen die Beine gefahren und hatte sie aus dem Lauftakt gebracht. Holperig fiel er in Trab. Er windete, blieb darüber stehen, setzte sich kommod auf die Keulen und windete wieder, die schwarze Hundsnase hoch und naß. Der Blutgeruch war überm Boden, wo die strenge Ausdünstung der tauenden Erde ihn aufsog, für jegliche Gewißheit zu schwach, wurde indes beim Höhernehmen der Nase stärker. Als es, im Sitzen, höher mit ihr nicht mehr ging, stand der Bär auf. Duschan spie unter dem Fernglas, in dem er ihn musterte, seit er vor Stunden zwischen den Kopfweiden am Horizont aufgetaucht war, einen vor Unruhe naßgeleckten Zigarettenstummel durch den Sehschlitz der Schießkanzel. Die Glut verlöschte zischend im blutnassen Krautteppich unter dem durchschnittenen Hals eines Jungrindes.

Duschan war Jäger, jedenfalls nannte er sich im Umgang mit Fremden so, einen Bärenjäger sogar, worüber in seinem Dorf alle hinter vorgehaltener Hand lachten, hatte Duschan doch noch nie auf einen Bären angelegt und würde, außer im Fall größter Gefahr für Leib und Leben, auch niemals dazu kommen. Die Bären der großen Wälder gehörten dem Staat, der sie, waren sie reif oder überzählig, an Jagdagenturen verkaufte, die sie für fremdes Geld an reiche Touristen aus dem Westen verkauften, die sie mit Duschans Hilfe schossen — mal gut, mal schlecht, meist gut, denn der Zeigefinger dieser reichen Jäger war, so sagten die Leute in Duschans Dorf, vom vielen Geldzählen hübsch geschmeidig.

So war das mit Duschan, genau besehen. Er war nur der vom Staatsforst beauftragte Hüter der Bären, und das auch nur von zweien, nämlich eines männlichen Tiers und einer Bärin, die in diesen Tagen ebenfalls mit ihren mitten im Winter geborenen Jungen, wohl wieder zwei, aus ihrer Höhle kommen mußte. Duschan war der Herr der beiden Luderplätze, die von Mai bis Oktober mit Futter belegt wurden, damit die Bären das Bauernvieh in Ruhe ließen. Weit auseinander lagen diese Fütterungen, denn Bären sind ungesellige Einzelgänger und große Wanderer. Der Jahreszeit entsprechend belegte Duschan sie mit Mais oder Kartoffeln, Trester auch aus den Schnapsbrennereien und immer wieder einmal mit dem Fleisch von minderwertigen Haustieren oder mit Schlachtabfällen.

Ein Gewehr brauchte er, noch genauer besehen, eigentlich nur für den Fall, daß ein ihm zur Führung auf Bären anvertrauter Jagdgast sich einmal, ganz gegen die Vorschriften, in eine Situation hineintölpeln sollte, in der einem Bär gar nichts anderes übrigbleibt, als anzugreifen. Aber das war noch niemals vorgekommen, denn Duschans Vorschriften besagten, daß der Jagdgast nur aus dem Schutz eines Hochsitzes schießen dürfe und jede andere Art der Bejagung eines Bären, etwa aus einem Kraftfahrzeug heraus oder gar zu Fuß im Gelände, bei Strafe des Amtsverlustes für den führenden Wildhüter und des Verfalls von Schuß und Schußgeld für den Jagdgast, verboten sei.

In einem solchen, auf Baumstelzen stehenden Schießstand saß Duschan nun, das Fleisch nahebei ausgelegt, wie er es immer machte, weil der Bär, so hatte man es Duschan im Forstamt gesagt, durch das Gewöhnen ans Luder jede Scheu vor dem Hochsitz dichtbei verlieren sollte. Darum auch dürfe vom Hochsitz — der so hoch nicht war, kaum mehr als drei Meter über dem Boden — ein Schuß nur zum Zwecke der Tötung eines Bären abgegeben werden. Es sollte im Bär eine Erinnerung an die Gefahr, die von einem Hochsitz dicht beim Luder ausgeht, gar nicht erst aufkommen können. Warum also, verdammt, verhielt der Bär, den er im Glas hatte und der die Vorschriften, die sein Wohl so sehr bedachten, doch kennen mußte? Duschan fragte sich das unter dem Biß der beginnenden Abendkälte und weil er hier schon seit den Morgenstunden saß. Auch hatte er die Seele eines Mannes, der vom Glauben an die obrigkeitliche Weisheit durchtränkt war und seit vielen Jahren aus nächster Nähe mitansah, wie auch Leben und Sterben der Bären seines Reviers dieser Weisheit untertan war; in ihr geboren wurden sie, gefüttert, gezählt und geschieden von kundigen Augen in gut und schlecht, zum Leben bestimmt oder zum Sterben, ein jedes Tier zu seiner, einem Bären angemessenen Zeit, und am Ende mit weit mehr Gewinn für die Allgemeinheit, als ihr Kosten entstanden waren für Futter und den Sold Duschans. Warum also lief der Bär nicht endlich weiter zu dem ihm bestimmten Ort!

Aber der Bär verharrte, wo er stand, und windete mißtrauisch nach rechts und links, nach vorn und über jede Schulter nach rückwärts — mehr als zwei hochgereckte Meter von einem so jammervoll abgemagerten Bär, daß ihm das leere Winterfell vom Bauch auf die Innenseiten der Hinterbeine sackte. Alt sah er aus und elend. Nur der vom schnellen Lauf noch immer rasch gehende Atem stand ihm in der kalten Mailuft heiter weiß vorm Maul. Nichts sonst war heiter an diesem Bär. Die mächtigen Tatzen an den zotteligen Armen gingen, wie Duschan das bei sich lauernd umkreisenden Ringern gesehen hatte, gegenläufig langsam auf und ab. Es hätte des stoßweisen, eine starke innere Erregung anzeigenden Harnens im Stehen nicht bedurft, um zu erkennen, daß es ein männliches Tier war.

Aber es war nicht der Bär, den Duschan aus den Vorjahren kannte und für den er das Jungrind ausgelegt, auf den er gewartet hatte. Seiner Sache sicher, stellte Duschan das Fernglas, das ihm vor Jahren ein deutscher Jagdgast nach glücklichem Strecken eines sehr guten Rehbocks geschenkt hatte, auf die Brüstung der Kanzel. Als er mit raschem Seitenblick auf die nur kurze Leiter zu sich herauf die Hand vom

Glas nahm, um sich, mit ihr tastend und den Blick gleich wieder auf den Bär heftend, seines Gewehrs zu versichern, spürte er, daß sie leicht zitterte. Das hatte er lange nicht mehr beim Anblick eines Bären gekannt.

Die Abenddämmerung sog den Bär auf und nahm ihn aus der sichtbaren Welt. Aufkommender starker Südwind riß ihm den weiten Mantel aus Höhlendunst vom Leib und trug ihn in stinkigen Fetzen fort, nach Norden, woher der Bär gekommen war. Der einsetzende Regen brauchte nicht lange, um ihn bis auf die Haut zu durchnässen; der Winterschlaf schien ihm das Fett noch aus den Haaren des Fells genommen zu haben. So hatte er alles verloren: die Gestalt an die Nacht, den Geruch an den Wind und die Kraft an den kleinen Tod im langen Schlaf. Müde leckte er sich im Liegen die Vordertatzen, die rissig waren von zwei Jahren des Wanderns aus dem Exil in einer fernen, fremden Landschaft zurück in die Gegend seiner Geburt. Vertrieben hatten ihn Niederlagen, die letzten drei gar in Folge, am Ende von Auseinandersetzungen mit anderen männlichen Bären um Weibchen und Reviere. Immer wieder abgedrängt an Grenzen, zur Paarung nirgends zugelassen und von schwärenden Bißwunden geplagt, war er weiter und weiter nach Norden geraten, bis er in einem abgelegenen Alpental Ruhe gefunden hatte.

Diese Unterlegenheit trotz seiner Muskelkraft und eines Mutes, den er aus seiner ungewöhnlichen Körpergröße schöpfte, war die Folge seiner Scheu, eine der vielen, von ebenso vielen Bären aufgesuchten Fütterungen anzunehmen; der Geruch des Menschen, der rings um diese Orte eines gierigen, weltvergessenen Schlingens in Büschen und Bäumen zu hängen schien, hielt ihn fern. Und weil er, als Jungtier noch, in einem Schafpferch einmal halb totgeschlagen worden war und es nicht vergessen hatte, blieb er auch vom Bauernvieh fort. So war er, abgesehen von einem selten genug gefundenen Wurf noch blinder Hasen, auf pflanzliche Nahrung reduziert und ab und zu auf ein glückliches Maulvoll wilden Honigs. Es fehlte ihm an einer, einem Bär von der Natur nicht abverlangten Art von schiefäugiger Aggressivität, die von der bösartig machenden Verteidigung eines bequemen, täglich am immer selben Ort gefundenen Fressens kommt. Es fehlte ihm an Freßgier. *Es fehlte ihm am Schweinischen.* Er wußte es nicht. Er war nur gegangen. Das Alpental, in das er damals ausgewandert war, hatte er nach Jahren der Ruhe wieder verlassen, als sie anfingen, mit schwerem lärmenden Gerät einen Staudamm in den Fluß zu stellen, der das Tal durchzog. Nun war er zurück.

Leise maunzend lag er im Regen, das Fell am Leib angeklatscht und auf dem Rücken pomadig gescheitelt, um sich herum eine große schwarze, vom prasselnden Regen hörbar gemachte Pfütze. Er fror. Sein

Herzschlag verlangsamte sich wieder; er hatte noch immer den Winter im Blut. Schlaf kam ihn an, aber er hielt sich, hier im Offenen, aus Vorsicht wach, indem er in der Längsrichtung seines Rumpfes hin und her schaukelte. Es waren diese von den Keulen unter dem Leib ausgehenden rhythmischen Körperstöße, die aus einem anhaltenden, nur vom Atemholen unterbrochenen Brummen dies modulierte Maunzen machten. Es hörte sich an, als ob der Bär zur Orgel des zum Sturm angewachsenen Windes die Oberstimme singen würde. Aber der Regen, der fast waagerecht daherkam, zischte den Gesang nieder, so daß der Bär bald schwieg. Er legte sich auf die Seite, stieß noch ein paarmal leise, wie seufzend, mit der Stimme an und fiel dann in Schlaf. Nach einer Weile begannen seine vier Beine zu laufen, langsam erst, eher unkoordiniert zuckend, dann immer rascher und regelmäßiger, so daß das Wasser der Pfütze, in welchem die Tatzen ins Leere liefen, hoch aufspritzte. Das Maunzen setzte wieder ein, hell und spitz nun und von kurzen Pausen eines Hechelns unterbrochen, das keinen Zweifel zuließ: der Bär träumte. Wovon er träumte, das kann keiner wissen.

Eine große Stille weckte ihn und brachte ihn rasch auf die Beine, vorn zuerst, die Sinne schärfend, dann hinten. Die Stille kam davon, daß der Regen aufgehört und der Wind sich erschöpft hatte. Verdutzt witterte der Bär der abgezogenen Wetterfront hinterdrein und äugte dabei zu einem in Stücke gegangenen Himmel auf, durch dessen schnell segelnde Wolkenreste ein fast voller Mond schien. Spreizbeinig dastehend, schlug sich der Bär das triefnasse Fell um die Rippen. Das Mondlicht ließ den herausstiebenden Wasserschleier silbrig leuchten. Ein lautes mehrmaliges Klatschen des Fells, das den Tanz der tausend Tropfen begleitete, klang wie frenetischer Applaus von unsichtbaren Händen für ein überaus schönes, theatralisches Bild. Erschrocken ging aus einer nahen Weidendickung in hohen und weiten Fluchten eine Rehgeiß ab. Der Bär hatte keine Mühe, das von ihr verlassene Bett zu finden. In ihm lag, naß noch von der Geburt, ein zitterndes Rehkitz. Der Bär beroch es, grunzte zufrieden und tötete es mit einem Biß über den noch weichen Rücken. Es war sein erster Biß in Fleisch seit langem.

Anderntags nahm der Bär das gelbe Licht der über den Horizont kommenden Sonne auf den Rücken und lief mit ihm nach Westen. Einen besonderen Grund für diese Richtung hatte er nicht, es sei denn das Gefühl, daß die zunehmende Wärme des Morgenlichts ihm bei dieser Ausrichtung seines Trotts das Fell am besten, weil von drei Seiten zugleich, trocknete. Rosig troff es ihm vom tiefgehaltenen Maul auf die stark einwärts gestellten, plattfüßig dahinwalzenden Vordertatzen; sein Speichel, der vor Gier reichlich geflossen war, als er das frisch gesetzte

Kitz fraß, hatte das dünne Blut seiner Beute zu diesem Rosa verwässert, das nun seinem leicht geöffneten Maul ein mörderisches Aussehen gab. Er verhielt und leckte sich das Gespeichelte von den Tatzen. Aber das war es eigentlich nicht, was sein Maul zu den Füßen zog. Die Krallen waren es. Die Winterruhe hatte sie zu langen beinfarbenen Krummdolchen heranwachsen lassen und ein gelegentlicher Gang vor die Schlafhöhle sie nicht abgenutzt. Jetzt drückten sie ihn, wenn er beim Laufen auf Steine geriet oder an freiliegende Baumwurzeln stieß; er spürte den Schmerz in den Nagelbetten. Mißgelaunt brummend warf er sich vehement auf die Seite und zog mit den Zähnen an den Krallen, mal an dieser, mal an jener. Das verschaffte ihm zwar Erleichterung, aber als er wieder aufstand und weiterlief, kam der Schmerz zurück. Zorn darüber färbte sein Brummen heller. Er äugte nach rechts zu einem Waldrand hinüber, der ihn schon eine Weile parallel zu seinem Lauf begleitete. Die Richtung ändernd, trottete er schräg darauf zu. Vor der ersten, von Winterstürmen zahnlückig gemachten Baumreihe ging ein breiter Streifen Buschwerk mit dem Wald einher, ein Dickicht aus Salweiden, gemischt mit etwas Hasel und Holunder. Es war so hoch, daß der Bär keine Gewißheit über einen seltsamen Geruch gewann, der ihm von jenseits des Dickichts mit einem leichten Wind in die Nase kam. Auf seine Kraft vertrauend, durchbrach er es in ein paar mächtigen Sätzen, den Kopf zwischen den

Schultern, die Augen während der Sprungphasen zu, den Buckelrücken hochgewölbt. Der Schwung, den er sich auf diese Weise gab, war auch nötig, denn die dickstämmigen Büsche standen Arm in Arm. Am Ende des letzten Sprungs stand er unvermittelt auf einer Straße.

Als er sich, noch vor jedem Sichern, mit dem Maul wieder an die Krallen fuhr, weil sie vom Aufprall auf die harte Decke der Straße ins Wuchsfleisch zurückgestoßen worden waren und dies ihn nun stärker schmerzte als zuvor, blies er entsetzt fauchend einen beißenden Gestank aus, der ihm, von der Straßendecke aufsteigend, in die Nase gefahren war. Nie zuvor hatte er dergleichen gerochen. Und weil er sich angewöhnt hatte, jeden fremden, mit der Erfahrung eines Bärenlebens nicht zu erklärenden Geruch dem Menschen zuzuordnen, war Flucht sein erster Impuls. Aber zu seinem Schrecken klebte er, als er sich davonmachen wollte, mit den Fußsohlen so fest, daß er, um freizukommen, alle vier Tatzen einzeln anheben mußte, so als steckten sie in zähem Lehm. Der Bär war mitten in eine große frische Teerlache gesprungen. Mit Steingrus vermischt, füllte sie ein Straßenloch aus, das vom Frost gerissen und von Automobilen vertieft worden war.

Es hatte ihn sein letzter Satz aus dem Salweidendickicht hinaus in eine andere Welt getragen, in eine Welt, deren Naturgestalten sich zu häuten begannen wie die Nattern, die er zu den Zeiten ihrer Erneuerung, wenn sie schwerfällig waren, erbeuten konnte. Aber während ein Bär eine Schlange auch nach ihrer Häutung mit Augen und Nase wiederzuerkennen vermochte, trat die sich häutende Welt in Bildern hervor und gab sich in Gerüchen zu erkennen, unter deren gewalttätigem Ansturm ein Bär verzagte, weil sein Dasein sich verengte und ihn wie im Kreis leben ließ, immer auf sich selber zu als Ausdruck einer dumpfen Hoffnung, etwas Altvertrautem zu begegnen, einem stets Wiederkehrenden, das reine ungestörte Gegenwart ist und das Glück einer Menschenferne.

Stelzbeinig, mit unübersehbarem Ekel im Gang, überquerte der Bär die Straße und ging in den an sie angrenzenden Wald. Unter seinen übelriechenden, klebrigen Fußsohlen bildeten sich rasch Klumpen aus den abgefallenen braunen Nadeln der Fichten, die hier dicht an dicht standen, ihre Äste aus Lichtmangel zu Stummeln abgestorben bis hinauf unter die verfilzten Kronen, ihre dünnen Stämme von Harz überlaufen, so daß der Bär, der vorhatte, sich an einem Baum die Krallen zu kürzen und die Sohlen zu reinigen, diese Absicht aufgab und zwischen den spillerigen Fichten hindurch immer tiefer in den Forst hineinlief. Er war auf der Suche nach einem Wald, der licht war und voller glattrindiger silbriger Buchen mit Stämmen so mächtig, daß auch ein starker Bär sie nicht in ihrem Blattwerk erzittern lassen konnte. Je weiter er kam, desto lauter wurde ein

Brausen von einer Art, wie es kein noch so starker Wind verursachen konnte. Es schwoll an und ab in keinem dem Bär erklärlichen Wechsel und ging durcheinander und schwieg ein paar Atemzüge lang und fing wieder an. Immer wieder stehenbleibend, lief er so lange auf das Brausen zu, bis der Stangenwald sich lichtete und er jenseits der letzten Bäume, nicht sehr weit vor sich, wieder eine Straße sah. Aber sie war ganz anders als jene, die er unlängst zum Leidwesen seiner Füße überquert hatte. Schneefarben war sie, obwohl kein Schnee auf ihr lag, das konnte er riechen. Sonnenlicht flimmerte über sie hin und blendete ihren jenseitigen Rand aus; so breit war sie, daß sie sich für das Auge des Bären drüben schier im Himmel verlor. Es fuhren viele Autos darauf. Ihre Geschwindigkeit war in beiden Richtungen so groß, daß sie sich in ihren Konturen auflösten und zu brausenden Bändern verwischten. Nie zuvor hatte der Bär auch nur Ähnliches gesehen, und was er sah, hörte und roch, versetzte ihn in Angst. Es trieb ihn zurück in den Fichtenforst.

Er trottete wieder westwärts, die alte Straße zur Linken, die neue rechts von sich, in unsicherer Entfernung zu beiden, aber er hatte keine Wahl. Kleine scharfkantige Steine vermengten sich mit den verklebten Nadeln unter seinen Füßen und stachen in sein Fleisch. Als er dann an einen Bach kam, schleuderte er in konvulsivischen Zuckungen, wie unter Krämpfen, die malträtierten Tatzen von sich, eine nach der andern, und immer wieder aufs neue. So gelang es ihm, seine Sohlen vom Gröbsten, wenn auch nicht vom Teer, zu befreien. Als er damit zu Ende gekommen war, stand er eine Weile unschlüssig da, den Blick erloschen, wie nach innen gerichtet. Man hätte meinen können, er dächte nach, und die Insekten, die in einer kleinen tanzenden Wolke über seinem Kopf standen, waren ein Abbild seiner unruhigen, zu keinem Ende kommenden Gedanken.

Schließlich stieg er, nachdem er das Ufer mit den Vorderfüßen auf Rutschfestigkeit geprüft hatte, in das nur mäßig tiefe und stille Bachwasser. Während er noch mit schiefgelegtem Kopf sein Spiegelbild beäugte, sah er mit Staunen, wie sich das Wasser um ihn herum schillernd verfärbte. Es trug plötzlich eine zarte Haut, wie sie sich ebenso hauchdünn, ebenso glatt und wechselnd in den Valeurs zwischen den Fellinnenseiten und dem Fleisch der Hasen fand, die er gelegentlich erbeutet hatte. Aber diese Haut auf dem Wasser wurde größer und größer, wuchs gar zu beiden Ufern hinüber und riß dennoch nicht entzwei, und während sie obendrein langsam davonschwamm, bachabwärts, blieb sie ihm dennoch um den Leib herum erhalten.

Als er neugierig die Nase dranhielt, roch er deutlich, wenn auch sehr viel schwächer jetzt, seine teerverschmutzten Tatzen, die doch auf dem Grund des Baches standen. Da stürmte er ans Ufer und blieb, von Bauch und Beinen triefend, zitternd stehen. Aber das Zittern kam nicht von der Kälte des Wassers, es kam aus dem Herzen und drang ihm bis ins Maul, wo es den Unterkiefer erbeben ließ. Die Wirrnis seines Fells war nun auch in seinen armseligen Gedanken.

Joop lebte allein. Zwei Ehen waren gescheitert, ein paar offene Bindungen desgleichen. Immer hatte schon den Anfängen jenes Mindestmaß an seelischer Erschütterung gefehlt, das eine Beziehung hinaushebt über das Verlangen, Knöpfe und Haare zu öffnen. Eine Frau hatte eben dazu gehört. Wozu, das wußte Joop so genau nicht zu sagen, zum Leben eben — eine Antwort dies, die nicht mehr war als ein Achselzucken: wie dieses ließ sie den Kopf in Ruhe. Das Ende war jedesmal nur noch eine Frage des Geldes gewesen, ein Fall für Anwälte. Einen Jagdkumpan (das Wort *Waidgenosse* ging Joop nur schwer über die Lippen), dem er in dessen Berghütte beim nächtlichen Tottrinken eines am Abend gestreckten Hirsches gestattet hatte, nach dem Gefühlsverlauf dieser Bindungen an Frauen zu fragen, diesen Kumpan hatte er in einer plötzlichen Eingebung, deren thematische Entlegenheit ihn selber erstaunte, auf den Entropiesatz der Thermodynamik verwiesen: Indem wir, hatte Joop etwa gesagt, handelnd leben, Gefühle verbrauchen, Weltsubstanz konsumieren, verursachen wir, ob wir es wollen oder nicht, eine anhaltende Zunahme der Unordnung in den Lagerstätten der Materie. Also auch in Herz und Seele, hatte er nach einem kurzen Besinnen, das der Vergewisserung einer nicht mehr ganz frischen Lesefrucht diente, hinzugefügt. Denn quantentheoretisch (er hatte dies glitzernde Wort wiederholt und ihm gleich noch einen Mundvoll ähnlich exquisiter Wörter hinterdrein geworfen), quantentheoretisch wären die Engramme seelischer Vorgänge nicht anders zu bewerten als die Objekte, die wir materiell nennten.

Hier aber hatte er das Flügeljucken des Ikarus verspürt — nicht, weil er sich der Zulässigkeit seines letzten Satzes nicht sicher gewesen wäre (Joop las die Physikerphilosophen Heisenberg und Weizsäcker und den Biochemiker Prigogine mit guter Rendite), sondern weil er, hätte sein Gegenüber nähere Aufschlüsse von ihm erbeten, wohl doch in Erklärungsnot geraten wäre. Also hatte er nach seiner Bankgewohnheit an dieser Stelle ein Fragezeichen mitgedacht, eine mentale Randnotiz in Chefgrün quasi; er würde zu Hause den Zweiten Hauptsatz der Wärmelehre — *Die Entropie der Welt strebt einem Maximum zu* — nachlesen. Auch hatte er den Alkohol gespürt. So war er für einen Augenblick versucht gewesen, einfach aufzuhören, mit einem vorgetäuschten Gähnen vielleicht und einem Hinweis auf den nahen Morgen. Aber dazu verabscheute er zu sehr alle nicht zu einem ordentlichen Ende gebrachten Unternehmungen, und es machte keinen wesentlichen Unterschied aus im Grad seines Abscheus, ob es sich um ein Geschäft handelte, eine Frauengeschichte oder einen angefangenen Gedanken von einigem Belang.

Joops Lebensmetapher war der große leere Schreibtisch. Alles Unaufgeräumte, Unerledigte erinnerte ihn an ein schlecht getroffenes und waidwund geflohenes Stück Wild, das man, weil kein Suchhund dabei war, verludern lassen mußte. Joop hatte immer einen Hund dabei: seine kurzhaarige Selbstdisziplin, die wie sein Schatten bei Fuß ging und auf einen bloßen Gedanken hin tätig wurde, um die auch in Joops Leben nicht ganz vermeidbaren Fehlschüsse schweifwedelnd zu korrigieren.

Und so war er auch damals mit der seelischen Müllabfuhr, wie er seinen Hüttenmonolog inzwischen bei sich nannte, zu Ende gekommen — ganz akzeptabel eigentlich, bedachte man Ort und Stunde: Es nähme die Entropie, die ein Maß sei für die bei solchen irreversiblen Prozessen entstehende Unordnung, ständig zu. Am Ende — niemand könnte sagen, wann das sein würde — käme es zu einer Art lauwarmem Super-GAU, einem finalen Gleichgewicht in Gestalt eines homogenen, gleichmäßig temperierten Aggregatzustandes der gesamten, durch unser Tun zu Müll gewordenen Materie. Und zu Müll geworden — darauf käme es ihm ganz besonders an! — auch die Wörter als die Träger unserer Gefühle. Doch wäre, hatte Joop seine Exkursion in schwieriges Gelände beendet, ein solches Entropiemaximum vielleicht ja doch nicht das physikalische Ende von allem, denn was ihn, Joop selber, und seinen privaten Seelenmüllkosmos anginge, so hätte er dessen homogener Lauheit immerhin schon ein paarmal ein Ende bereiten können.

Dieser Schluß schien ihm, als er ihn kritisch nachgekostet hatte, nicht der bestmögliche gewesen zu sein. Er hatte das aufgefangen, indem er, das leere Glas gegen den Jagdkumpan hebend, mit ungezielter Ironie nun doch noch das unsägliche Wort sprach: *Waidmannsheil!* Es wäre nicht nötig gewesen, sein Gegenüber war eingenickt, ermüdet vom Paradigmenwechsel zwischen den entropischen Zuständen der Innen- und Außenwelt. Joop hatte seine Büchse genommen und war leise in den dämmernden Morgen hinausgegangen. Im ersten brauchbaren Licht schoß er von einem Hochsitz aus einen starken Fuchsrüden, der ein vom Muttertier alleingelassenes dösendes Schmalreh beschlich. Er erinnerte sich, danach ein gutes Gefühl gehabt zu haben.

Der Grund für ein solches Gefühl war ihm, als er auf dem Weg von der Bank nach Hause auf diese alte Geschichte gekommen war, nicht mehr einsichtig. Weder hatte damals, daran erinnerte er sich noch, ein Verdacht auf Tollwut ihn auf den Fuchs abdrücken lassen, noch war das Schmalreh schützenswert gewesen in einem Revier, dessen Waldanteil Verjüngungsnot litt unter dem Verbiß des hier wie überall zu vielen Rehwildes. Es wird wohl, dachte er beim Aufschließen der Haustür, die Qualität des Schusses der Grund für das gute Gefühl danach gewesen sein (der Fuchs war im Feuer gelegen).

In der Wohnung, auf seinem sonst leeren Schreibtisch, fand er, von der Haushälterin akkurat in dessen Mitte gelegt, den Eilbrief eines Duschan vor (den Nachnamen konnte er wegen der Konsonantenhäufung darin weder aussprechen noch richtig lesen). Joop erinnerte sich an einen Jagdführer dieses Vornamens, einen Mann diesseits von fünfzig, mit ewiger Zigarette im unrasierten, slawisch geschnittenen Gesicht, die unvermeidliche Ballonmütze des Solidarproletariers darüber, und in den Kaufhauskleidern den Geruch von kaltem Rauch. Er hatte ihm, es war schon ein paar Jahre her, aus Dankbarkeit für einen kapitalen Rehbock, auf den dieser Duschan ihn in einem östlichen Revier zum Schuß gebracht hatte, sein altes Nachtglas geschenkt, war ihm doch aufgefallen, daß der Mann nur schwer die Augen von diesem Glas lassen konnte.

Joop war beunruhigt. Was hatte jener ferne Duschan ihm unter Ausforschung seiner Privatadresse mitzuteilen? Unschlüssig wendete er den Brief mit der ungelenken Schrift hin und her. Schließlich legte er ihn, ungeöffnet, auf den Schreibtisch zurück, nahm ihn aber, wie unter dem Zwang eines neuen Gedankens, sogleich wieder auf und trug ihn zu einer Kommode, auf der er ihn deponierte. Man hätte denken können, daß Joop versuchte, den gewiß entropischen Brief mit Hilfe dieses seltsamen Platzwechsels ungelesen aus seinem geordneten Leben zu entfernen. Jedenfalls schlief er schlecht in dieser Nacht.

Der liebwerte Herr möchte sich ja vielleicht noch erinnern an ihn, und das schöne Jagdglas halte er in Ehren. Zum Dank dafür wolle er dem Herrn nur gleich mitteilen, daß man hier in der Gegend einen Bär gesichtet habe, der dem Herrn wohl recht sein möchte, so groß sei er und, wie er mit eigenen Augen gesehen habe, auch schon so alt, daß das Jagdkomitee ihn gewiß verkaufen werde. Keiner habe diesen Bär je zuvor hier gesehen, und im Bemühen des Herrn um ihn sei Eile nötig, denn wenn der Bär nicht an die Fütterungen kann, weil diese doch vergeben sind an andere Bären, dann möchte er, wie die deutschen Jäger dazu sagen, zu Schaden gehen und sich am Vieh vergreifen, was ungesetzlich ist und dem Bär gewiß nicht erlaubt, warum es noch in diesem Jahr zu seinem Verkauf an die Jagdagentur kommen kann, die damals dem Herrn auch den Rehbock verkauft hat, er wisse es wohl noch, und auch, wie lange so etwas immer dauert. Das alles wollte er dem Herrn aus Dankbarkeit für seine Güte nur sagen und ihn noch bitten, um seine, Duschans, Führung einzukommen, falls es mit der Bärenjagd etwas werden sollte. Nur möchte er den Herrn ergebenst bitten, ihn nicht zu nennen als denjenigen, von dem er über diesen Bär gehört habe, sondern nur ganz normal einen Antrag auf Genehmigung eines Bärenabschusses stellen. Er, Duschan, werde dann alles weitere OK machen ...

In diese Lesart übersetzte Joop sich den in einem verqueren Deutsch geschriebenen Brief, wobei seine

Lippen sich bewegten, als schmeckte er ein paar neue, scharfmachende Ingredienzen in einer ihm sonst vertrauten Suppe ab. Er studierte den Brief im Fond seines Wagens auf der Fahrt zur Bank, amüsiert ein bißchen und flüchtig die Möglichkeit wägend, dem Vorschlag dieses Mannes zu folgen. Als er aber zu dem Jargonkürzel OK kam, zerknüllte er den Brief in einer ihrer Plötzlichkeit wegen schwer verständlichen Aufwallung von Ärger. Der Chauffeur, der etwas davon bemerkt hatte, sich aber eines Fahrfehlers nicht schuldig wußte, der diese Reaktion seines Chefs hätte auslösen können, blickte fragend in den Innenspiegel. Aber Joop hatte sich schon wieder in der Hand. Es war dieser Amerikanismus gewesen, den Joop nicht hören oder lesen konnte, ohne ihn mit der Vorstellung von einem kuhmäulig mißhandelten Kaugummi zu verbinden. Aber das allein hätte ihn nicht so unbeherrscht reagieren lassen. Es paßte dieses Breitmaulkürzel, in welchem für Joop die ganze ihm widerstrebende Hemdsärmeligkeit der Nordamerikaner eingedampft schien, am allerwenigsten in das geistige Umfeld der Jagd. Diese puristische Auffassung blieb unberührt von einem Gefühl der Pein, das er regelmäßig empfand, wenn er in waidgenössischer Gesellschaft gewissen traditionellen Riten der Jagd nachkommen mußte oder gar den Hautgout ihrer stark abgehangenen Sprache auf der Zunge hatte. Schon gar nicht paßte ein OK zu dem Respekt, den nach seiner Meinung ein Jäger dem Wildtier, in diesem Fall einem Bären gar, schuldete. Denn was unterschied den Jäger noch vom Metzger, wenn er kalten Herzens und die Würde des Tiers nicht achtend, sozusagen in mörderischem *small talk* tötete?

Aber dann strich Joop den Brief wieder glatt und legte ihn zu den hochkarätigen Bankpapieren in einem offen neben ihm stehenden Attachékoffer. Darin nahm der Brief dieses Duschan sich aus wie ein zerknittertes Postsparbuch unter lauter Goldzertifikaten. Joop hatte ein feines Sensorium für solche omenhaltigen Dissonanzen und liebte es, sie zu ironisieren. Das nahm ihnen die Symbolkraft und machte sie intellektuell leicht verdaulich. Und so reduzierte er diesmal seine Irritation leicht belustigt auf die Dissonanz zwischen dem professionellen Nachtblau seiner Garderobe und dem Lodengrün seiner Gedanken. Er gewann dem Anlaß seines Ärgers sogar noch einen höchst angenehmen Gedanken ab: Schon morgen würde er in die Staaten fliegen, zu einer Sitzung der Weltbank in New York, wohin er zu einem Hearing geladen war. Auf der Tagesordnung stand die Vergabe von weiteren Mitteln an dubios gewordene Schuldnerländer, ein oder zwei osteuropäische darunter.

Endlich, nach einer Zeit des verschreckten Verweilens in einem Erdloch, das von sperrigem Metallmüll überdacht war, und mit nichts als aus den Erdwänden gekratzten Baumwurzeln zu benagen, fand der Bär einen Baum, eine Esche mittleren Stammumfangs und von ansehnlicher Höhe, ohne Harztränen daran, die ihm die Tatzen beim Versuch, sie sich am Stamm zu reinigen, nur noch mehr verklebt hätten. Sie stand bachabwärts von der Stelle, wo der Bär das Wasser sich verfärben gesehen hatte, und war königlich vergesellschaftet mit einem armseligen kleinen Laubgehölz, das die Fichten ringsum, weil ihnen die Nässe des Standorts abträglich war, nicht zu verdrängen vermocht hatten. An dieser Esche richtete der Bär sich zu seiner imposanten Größe auf und probierte die Haltbarkeit der Rinde, indem er die langen Krallen erst vorsichtig und dann mit ziehendem Nachdruck in die senkrecht verlaufenden Rillen grub. Als er merkte, daß die Rinde ihm einen genügend starken Widerstand bot, grunzte er zufrieden und begann mit den Krallen ein abwärts und zum Körper gerichtetes Reißen, das sich zur Wut steigerte und eine lange Zeit keine Pause kannte. Bald schon ging die Eschenrinde unter dieser Mißhandlung in Fetzen, und nacktes, Saft blutendes

Holz trat zutage. An ihm rieb der Bär die teerverschmierten Fußsohlen, so daß die Wunden des Baumes alsbald schwarz wurden, wie wenn schon Fäulnis sie befallen hätte. Als dem Bär die Krallen in ihren Betten zu brennen begannen, kam er auf seine vier Beine nieder und setzte sich mit einem dumpfen Laut auf die Keulen, den Oberkörper wieder aufgerichtet. Mit den Vordertatzen hielt er sich am Baum und begann dann, auf dem Steiß schaukelnd, sich einmal die linke und danach die rechte hintere Tatze am noch unversehrten Unterstamm der Esche zu säubern. Und so immer fort. Das sah sehr ungelenk aus und verriet das Unübliche einer solchen Putzerei, führte aber doch zu einem den Bär zufriedenstellenden Erfolg, denn nach einer Weile und nachdem er alle vier Tatzen mit Nase und Maul inspiziert hatte, stellte er sich, über einen Hinterschinken nach vorn abrollend, wieder auf alle Füße. Er scheuerte sich am Eschenstamm sichtlich ohne große Lust, eher zerstreut, eine Flanke. In seinem Gedärm rumorte der Hunger. Er harnte und machte sich dann auf, das Darmkollern totzulaufen, westwärts wieder. Und der Hunger lief mit ihm.

Der Bär zog an seinen Füßen einen langen Schatten hinter sich her, als er aus dem Wald kam und offenes, im letzten Tageslicht vor Regennässe glitzerndes Brachland betrat. Die Straßen hatten ihn endlich verlassen, die alte nach Süden, die neue nach Norden. Die Sonne kroch in ein schmuddeliges, uringelbes Wolkenbett, das auf dem Horizont stand und noch mehr Nässe verhieß. Die Nacht war nahe, die zweite des Bären, seit er zurück war in dieser Gegend, die ihm die Ereignisse des Tages noch fremder gemacht hatten, als durch seine lange Abwesenheit natürlich war. Er blieb stehen und fraß mit langen Zähnen an einem borstigen, saftarmen Gras herum, weidete an der Kante eines letzten schmutzigen Schneefeldes entlang, minderte seinen Durst durch langes Lecken am bodennahen, reineren Weiß, fraß wieder Gras, leckte wieder am Schnee und leckte den Kadaver einer Drossel frei. Er nahm ihn zwischen die Vordertatzen, rupfte ihn grob mit dem Maul und spie die Federn prustend von sich. Den armseligen Rest, denn die Federn waren schon das meiste gewesen, schlang er hinunter.

Er legte sich auf den Schnee. Der Hunger brannte in seinen Eingeweiden und ließ ihn eine Hitze verspüren, die von der Drossel nicht angefacht sein konnte, noch nicht und eigentlich gar nicht, dazu reichte sie nicht aus. Also stank er auch ihretwegen nicht aus dem Maul. Es war eher, als hätten seine Därme nach den nahrungslosen Monaten des Winterschlafs und ungeweckt von den paar Happen Rehkitz, Drossel und Gras zu faulen begonnen. Er stank nun dreifach: aus dem Fell, aus dem Rachen und, noch immer, von den Füßen her. Aus weiter Ferne kam schwach das Wiehern eines Pferdes an sein Ohr, ein Hund schlug an, ebenso entfernt; ein Rehbock blaffte heiser aus einem Feldgehölz, eine Fuchsfähe keckerte nicht weit davon ihre Brut in den Bau; irgendwo trommelte dumpf ein Hase. Von alledem aufgeschreckt, schrie eine spätfliegende Krähe, und eine Ohreule buhte aus den Fichten. Ein umlaufender Wind hatte bis in die Ferne und in alle Himmelsrichtungen die Nachricht verbreitet, daß ein Bär aus seiner Winterhöhle gekrochen war und sein Gedärm nun vor Hunger stank.

Der Bär blieb liegen. Er mußte warten, bis die zögernd einsetzende Nachtbrise aus Westen beständig gegen ihn stand und seinen Geruch unter die Fichten in seinem Rücken trieb, so daß die Luft zum Horizont hin frei war von ihm und er sich unter dem Wind auf die Suche nach dem Fuchsbau oder nach einem Grasversteck von Hasenjungen machen konnte. Als das Abendlicht ging, stand er auf, lief zurück in die Deckung der Fichten, legte sich nieder und schaute, den Kopf auf die Tatzen gebettet, dem weiten Land dabei zu, wie es sich rasch mit Nacht bedeckte. Vor dem Horizont, etwa dort, von woher das Pferdewiehern und die Hundestimme gekommen waren, glitzerte ein Licht auf, das kein Stern war. Der Bär witterte nach ihm, mehr aus Gewohnheit denn aus Beunruhigung, aber es gab für seine Nase nichts her. Als das Licht sich auf den Weg zu ihm hin machte, war er schon in einen leichten Schlaf gefallen.

Zurück in der Schweinebucht, wie es von Joop in der Bank hieß, wenn er wieder im Hause war, an seinem Schreibtisch, machte er sich daran, für den Gesamtvorstand einen von ihm erwarteten Hintergrundbericht über Verlauf und Ergebnis des New Yorker Hearings zu verfassen. Er benutzte dazu ein kleines Diktiergerät. Nach einem hinweisenden Satz für das Sekretariat, daß es sich beim Folgenden um ein streng vertrauliches Papier handeln werde, zweizeilig zu schreiben zunächst, damit es sich redigieren lasse, und nachdem er noch die Personen genannt hatte, an die das fertige Papier weiterzuleiten sei, hielt er nach einer Denkpause, die sich zu einem dem eilfertigen Recorder kaum zuzumutenden Schweigen dehnte, das Tonband wieder an. Er schob sein Zaudern auf eine Konzentrationsschwäche, wie sie ihn manchmal nach Durchleben einer flugbedingten kontinentalen Zeitverschiebung befiel. Aber noch während er dies dachte, verwarf er es. Allenfalls verstärkte ein *Jet lag* — unter Weitfliegern das gängige Wort für die Ursache dieser statushaltigen Dösigkeit — sein an Lähmung grenzendes Zaudern, dessen wahrer Grund ein berufliches, ihm mit den Jahren immer bewußter gewordenes Dilemma war: Joop lebte mit zwei von ihm intellektuell akzeptierten Wahrheiten und betrog opportunistisch die eine mit der anderen. Er betrog — das war die Regel — die ökologische Wahrheit, die es ja gab, mit der ökonomischen (weil in der Regel so zu verfahren unternehmerischer Standard war, wie Kammgarn und Flanell: seriös und nützlich und von ihm erwartet); und er hinterging — das war die Ausnahme — die ökonomische Wahrheit, die es ja ebenfalls gab, mit der ökologischen (weil gelegentlich so zu verfahren jagdlicher Standard war, wie Wolle und Loden, und auch dies seriös und nützlich und von ihm erwartet). Nun war wieder nach der Regel zu verfahren.

Joop hatte schon in New York ein neuerliches Aufbrechen seines Dilemmas kommen sehen. Als er die Limousine verließ, die ihn vom Hotel zur Chase Manhattan Bank gebracht hatte, in der das Weltbank-Hearing zu Gast war, hielten die bei solchen internationalen Geldkonferenzen üblichen drei Dutzend Demonstranten ihm und den anderen eintreffenden Bankiers Protestplakate entgegen. DOLLARS & POUNDS ARE THE RICH MAN'S HOUNDS, las Joop, nicht ohne eine gewisse Bewunderung zu empfinden für die unübliche intellektuelle Qualität eines solchen Spruches. Womöglich noch übertroffen darin wurde dieser von der danebengehaltenen, als zweiter Vers gedachten Tafel: SWISS FRANCS & MARKS ARE THE RICH MAN'S SHARKS. Natürlich hatte auch das obligate FUCK YOU nicht gefehlt, und ein DEUTSCH MARK UEBER ALLES war wohl auf ihn gemünzt gewesen; seine Teilnahme war am Abend zuvor von mehreren Fernsehstationen gemeldet worden, mit seinem Bild. Insgesamt hatte es der Protestveranstaltung in der Meinung Joops keineswegs an Witz gefehlt. Und auch das sich ihm sonst bei solchen Straßenprotesten aufdrängende Wort *Pack* war ihm nicht in den Sinn gekommen, möglicherweise deshalb nicht, weil inmitten der Demonstranten ein schwarzer Trompeter mit dicken Dizzy Gillespie-Backen den alten Armstrong-Titel MONEY IS THE ROOT OF ALL EVIL geblasen hatte. Joop mochte diesen leicht kommerzialisierten Jazz. Und als er durch die Demonstranten hindurch dem Eingang zugestrebt war, hatten ihm noch zwei von ihnen breit grinsend eine mit der Innenfläche nach oben gedrehte, wie um Geld bettelnde Hand hingestreckt: *Thanks for nothing, big spender!* Unter einer Lachsalve aus der Menge war er ins Bankfoyer gelangt, wo er vom Empfangspersonal, das ihn in den Konferenzsaal an seinen Podiumsplatz führte, höfliche Bitten um Entschuldigung entgegennahm.

Das Hearing war ermüdend gewesen, das übliche seit Jahren: Die Vertreter der armen Länder redeten wortreich von einer sichtbar werdenden ökonomischen Morgenröte nach langer schwarzer Wirtschaftsnacht, während die Abgesandten der reichen Länder darin nur den Widerschein der tiefroten Zahlen auf den ins Unermeßliche wachsenden Schuldkonten sahen. Der Hoffnung antwortete die Angst, und oft genug verkehrten sich die Fronten, schlug in den Habenichtsen die Hoffnung auf neue Kredite in die Angst um, es könnten allein die Zinslawinen des Schuldengebirges, an dessen Fuß sie lebten, sie verschütten, und betäubte sich in den Habenden die Angst um das schon hergegebene alte Geld mit der Hoffnung auf die Wunderkraft des geforderten neuen. Nicht nur der vielen Sprachen wegen, die im Saal durcheinandersummten, war in Joop das Breughelsche Bild vom Turm zu Babylon aufgestiegen. In seinen vom Hearing wegwandernden Gedanken verwandelte es sich in ein Bild der Welt als einem der ökonomischen Apokalypse nahen, monströsen Schuldturm, in welchem die ganze Menschheit gefangen saß und unter dessen Fundamenten inflationäre Geldverwerfungen wie seismische Wellen hindurchgingen und Mauern bersten ließen, aus denen, sichtbar für die Sehenden, der Logos entfloh.

In Gedanken war Joop auch noch einmal zu den Demonstranten draußen vor der Bank zurückgekehrt. Im Wundern darüber, daß sein Inneres ihnen merkwürdig milde begegnet war, war er analog zum biblischen Bild der Apokalypse auf die Deutung verfallen, daß der Geldhaß, der sich da draußen geäußert hatte, etwas Franziskanisches an sich hatte: ein Haß, der bei näherem Hinsehen nicht dem Geld an sich galt, sondern allein einem Gebrauch des Geldes, der die Masse der Menschheit verelendete. Dem mittelalterlichen Minoriten, so entsann sich Joop der Legende, hatte sich, als er auf der Straße einen prallen Geldbeutel fand, diese Wirkung als Schlange darin offenbart.

Bei solchen Gedanken angekommen, setzte Joop hastig den Recorder in Gang und diktierte einen Bericht, der von fragwürdigen Abschweifungen frei war und zu dem Schluß kam, daß den in Anhang 1 spezifizierten Schuldnerländern und ihren Entwicklungsvorhaben die weitere finanzielle Unterstützung schon im Interesse eines geregelten Zinsendienstes nicht versagt werden dürfe. (Joop hatte diesen Anhang noch während des Rückfluges, die trockenen Zahlen mit einem trockenen Champagner begleitend, aus seinen Notizen und Akten herausdestilliert.) Die Naturressourcen der Kreditnachsucher, so sprach er weiter aufs Band, seien noch immer beachtlich und als Sicherheit adäquat — selbst ohne direkte Zugriffsmöglichkeit auf sie durch das Bankenkonsortium, aber doch im Wege der finanziellen Nutznießung ihrer Erschließung und Ausbeutung. Vorbehaltlich einer Zustimmung durch den Gesamtvorstand (Joop fuhr das Band zurück und fügte hinter dem Wort *vorbehaltlich* das Wörtchen *natürlich* ein), also: vorbehaltlich natürlich dieser Zustimmung habe er sich in New York aus den genannten Gründen dem wie gewohnt einstimmigen Pro-Votum der Konsorten angeschlossen.

Als Joop vor dem Diktat des Anhangs 1 noch einmal seine Unterlagen durchging, stockte er bei der

Streckenbezeichnung eines weiterführenden Autobahnbaus in einem östlichen Land. Einer der im Kreditantrag genannten Orte war ihm schon während der Rückfluglektüre vage bekannt vorgekommen, aber die übliche Konsonantenhäufung in den Namen hatte ihn davon abgehalten, weiter darüber nachzudenken. Nun, da er einige dieser unaussprechlichen Orte dem Sekretariat buchstabieren mußte, glaubte er auf einmal zu wissen, woher er den Namen des einen Streckenpunktes kannte. Aus dem links von ihm auf dem Schreibtisch stehenden offenen Attachékoffer suchte er den Duschan-Brief heraus. Der Aufgabeort im Absender war identisch mit einem der Ortsnamen in der Streckenführung des zu kreditierenden Weiterbaus einer Autobahn, die für den Fremdenverkehr dieses Landes behauptetermaßen lebenswichtig war. Joop hielt den Brief eine Weile nachdenklich in der Hand. Schließlich legte er ihn in den Koffer zurück und schloß dessen Deckel so sacht, als gelte es, unliebsame Gedanken zum Betrug der einen Wahrheit mit der anderen geräuschlos und sicher zu verschließen.

Duschan beruhigte mit tiefer Stimme das Zugpferd vom Karren her, neben dem er ausschritt. Mit einer Gelassenheit, die er nicht empfand, ging er nach vorn und ergriff den kurzen, in das Kopfgeschirr geknoteten Strick. So konnte er das Pferd am ehesten daran hindern, in Angst durchzugehen und den zweirädrigen Karren mit dem Kadaver eines Esels darauf womöglich umzustürzen. Die Nacht war ruhig und der Weg vom Mondlicht beschienen, so daß Duschan, als er von seiner Diensthütte aufgebrochen war, mit einem ereignislosen Marsch zu einem der ihm unterstehenden Bärenfutterplätze gerechnet und darum die Fleischlast nur nachlässig gesichert hatte. Auch die Gaslampe, deren zischendes Brennen er nicht mochte, weil es sein Nachtgehör verdarb, hatte er alsbald nach dem Aufbruch gelöscht und in ein Loch in der schäbigen Plane aus steifem schmutzstarrenden Segeltuch gehängt, die dem toten Esel übergeworfen war. Als das Pferd zu schnauben begann, wiederholt den Kopf aufwarf und im Mondlicht das Weiße des Auges sehen ließ, dachte Duschan sogleich an den Bär.

Das Pferd blieb zitternd stehen und trat auf der Stelle. Vergeblich versuchte Duschan unter kehligem Zureden, es am Halfterstrick mit sich zu ziehen. Es riß sich los, wendete heftig und Mann und Karren mit sich reißend in die Richtung, aus der sie beide gekommen waren, und stieg dann unter angstvollem Wiehern so steil in die Höhe, daß der dem Karren aufliegende Kadaver über die seitlich offene Ladefläche rutschte und mit dumpfem Laut zu Boden fiel. Im Toben geriet dem Tier eine Deichsel zwischen die Hinterbeine; als die sich auch noch in den Stricken des Zuggeschirrs verfingen, kippte der Karren um und kam halb auf den Esel zu liegen. Des Gleichgewichts beraubt, brach das Pferd erst in der Hinterhand, dann auch vorn nieder. Es lag nun auf der Seite und keilte wild nach hinten aus, wobei ein Huf in den Karren, der andere in den gedunsenen Bauch des Kadavers hieb. Endlich lag es ruhig, betäubt von Angst, nur die obenliegende Flanke ging unter einem Rotzwasser blasenden Atem auf und ab. Faulgas entwich dem Kadaver mit einem obszönen Flatterlaut; er machte die Stille schier hörbar. Daß ein Bär sich ihnen von hinten nähern würde, mit dem Wind, der dem Pferd den strengen Raubtiergeruch zugetragen hatte, damit war nicht zu rechnen gewesen.

Das Niederbrechen des Pferdes und das Umstürzen des Karrens gab unversehens, scharf umrissen und schwarz gegen den hellen Himmel gestellt, die Silhouette eines Menschen frei, der bis zu diesem Augenblick mit der dahinziehenden Schattenmasse verschmolzen gewesen war. Da warf der Bär sich herum und lief davon. Der Peitschenknall eines Schusses in seinem Rücken beschleunigte die Flucht.

Eine starke Witterung von frischem und aasigem Fleisch hatte ihn aus dem Dämmerschlaf geholt. Eilends war er aufgestanden unter den Fichten des Waldrandes. Sein Schlaf war von der Art gewesen, die das Bewußtsein nur verdunkelt, es aber nicht abschließt von den Geräuschen und Gerüchen, mit denen sich einem Bär die Welt verdeutlicht. Der Wind stand inzwischen gegen ihn, gleichbleibend in Richtung und Stärke, und darum wäre es auch ohne diesen verlockenden Fleischgeruch Zeit gewesen, sich auf die Beine zu machen, ins offene Land hinaus, und etwas zu unternehmen gegen den noch immer in seinem Leib wühlenden Hunger.

Zu diesem Zeitpunkt hatte der Bär noch keine Sicherheit gehabt über Weg und Art der sich nähernden Beute; Lebendes und Totes, Ledernes und Leinenes, ein Gasiges auch, das nicht aus dem Aas zu kommen schien, und ein Schweißgeruch, der zu fein war, um von einem Pferd stammen zu können — das alles war vermengt zu einer wabernden Duftwolke, deren Ränder er nach Art der Bären witternd abzulaufen begonnen hatte, in der Hoffnung, dadurch Gewißheit zu erhalten über das, was die Nacht ihm von fern heranführte. Alle Sinne nach links gekehrt, hin zur verheißungsvollen Wolke, war er in einem großen Kreis an ihr entlanggelaufen, immer hart auf der Grenze vom Geruch zum Nichtgeruch, stehenbleibend ab und zu, um die Luft zu prüfen. Als er auf seinem Kreislauf das Mondlicht endlich mit sich gehabt hatte, konnte er die Umrisse eines Pferdes erkennen, das einen Wagen zog. Nur die Erfahrung, daß meist ein Mensch nicht weit ist, wo ein Pferd geht, hatte ihn mit einem raschen Angriff zögern lassen. Unschlüssig war er weitergelaufen am Rand dieser fleischhaltigen Wolke, in die er immer wieder das offene, vor Freßgier speichelnde Maul hineinstieß und dabei die Kiefer bewegte, als sei er am Ziel. So kam er schließlich in den Rücken des Transports. Weil hier der Wind senkrecht von ihm wegstand, wodurch die Witterung undeutlich wurde, war er in nasenblindem Hunger dem Pferd so nahe gekommen, daß es in panischer Angst vor einer Bärenausdünstung scheute, die stark und anders genug war, um selbst den Aasgeruch zu durchdringen wie ranziger Speck den Hautgout zu alten Wildfleisches.

Nach dem Schuß in die Luft sicherte Duschan sein Gewehr, lehnte es an den Kadaver des Esels und zerrte mit einem Fluch das noch immer zitternde Pferd auf die Beine, nachdem er es aus den Stricken, in denen es gefangen war, befreit hatte. Mit einem derben Schlag auf die Kruppe und einem harschen Zuruf trieb er das verängstigte Tier in einen Galopp, an dessen Ende, das wußte Duschan aus Erfahrung, der Stall im Heimatdorf stehen würde, ein paar Kilometer jenseits der Diensthütte. Daß der Bär das Pferd unterwegs attackieren könnte, hielt er für ausgeschlossen. Frei galoppierend und ohne Last war es zu schnell für ihn; zudem mußte er, durch den Schuß verunsichert, gewiß in den Schutz des Waldes zurückgekehrt sein. Den Kadaver des Esels ließ Duschan liegen; er war viel zu schwer, als daß er ihn allein hätte wieder aufladen können.

Er beschloß nach kurzer Überlegung, in sicherer Entfernung von dem Kadaver Posten zu beziehen und auf die mögliche Rückkehr des Bären zum Aas zu warten. Unter *sicher*, das sagte er sich mit großem Nachdruck, wollte er eine Windrichtung verstanden wissen, die ihn dem Bär nicht verraten würde, nicht aber ein geheimes Eingeständnis von Angst. Zweihundert Schritte abseits fand er einen kleinen, mannshohen Hügel aus Feldsteinen, den die Bauern hier vor langer Zeit einmal beim Absammeln längst wieder aufgegebener Äcker angehäuft hatten. Der Hügel bot Schutz und nach einem Erklettern auch gute Sicht und freies Schußfeld, sollte es nötig werden, auf den Bär in Selbstverteidigung zu schießen. Das starke Nachtglas des deutschen Herrn würde ihm auch bei Dunkelheit ein sicheres Erkennen erlauben. Aber Duschan hatte längst keinen Zweifel mehr, daß der Bär, dem er seine mißliche Lage verdankte, derselbe war, den er unlängst aus einer Jagdkanzel heraus über den Horizont hatte kommen sehen. Mit der Hand die Flamme des Streichholzes schirmend, brannte er sich eine Zigarette an und verbarg deren im Dunkeln zitternde Glut hinter den Steinen. Er führte dies Zittern der Hand, das er schon bei der ersten Begegnung mit dem fremden Bär an sich bemerkt hatte, auf die Anstrengung zurück, die ihn das Aufrichten des gestürzten Pferdes gekostet hatte.

Sie wußten nun voneinander, und weil sie sich voreinander fürchteten, kam es zu einem Kampf, den zuvörderst jeder gegen sich selber führte — der Bär gegen den Hunger, der ihn verleiten wollte, alsbald zum Kadaver zurückzukehren; Duschan gegen eine nur langsam alternde Nacht, die ihm die Pflicht schwermachte, den Bär daran zu hindern, hier, weitab von einem durch die Vorschriften legitimierten Luderplatz, auf Tage hinaus ortstreu zu werden und Mensch und Tier zu gefährden. Nie war ein Bär aggressiver, das wußte Duschan gut, als wenn er bei einem Kadaver gestört wurde, den er einmal angeschnitten hatte.

Der Bär war unter den Schirm der Fichten zurückgekehrt. Die Fleischwitterung hatte er vom Ort des Zusammenpralls mitgenommen und ließ sie nun nicht mehr aus. Mit nasser und agiler Nase folgte er jedem Kompaßgrad, um das der Nachtwind und mit ihm die Sattheit der Witterung schwankte, und ging dem Wind gar ein Stück Wegs nach rechts oder links hinterdrein, wenn er seine Richtung einmal gröber änderte. Dabei setzte er die Tatzen sacht und vermied ein zu lautes Einsaugen der Faulsüße. Es war ihr nichts Gutes beigemengt: Menschengeruch und Rauch, der aus keinem Feuer kam, wie der Bär es kannte. Stärke und Farbigkeit der Witterung sagten ihm, was er von der Kürze seines Rückwegs unter die Fichten schon wußte: daß die Quellen seines Lustgefühls wie auch die seiner Furcht nicht sehr weit entfernt waren. Und beide Empfindungen trugen in ihm einen zunehmend heftiger werdenden Kampf gegeneinander aus, der bald auch nach außen drang, indem er den Bär mit Kopf, Hals und Schultern horizontal schaukeln ließ, so als folgte der ganze Vorderkörper dem Hin und Her eines nervös schwingenden Uhrpendels. Dabei traten die Vordertatzen lautlos den weichen Nadelboden.

Duschan konnte dieses wie einen indianischen Kriegstanz anmutende Verhalten des Bären im Nachtglas deutlich sehen; von der starken Aaswitterung wie an einem Nasenstrick gezogen, war der Bär aus dem Nachtschatten des Waldrandes herausgetreten, ins volle Mondlicht, zwischen die weitstehenden Stämme der vordersten Baumreihe. Da bot er ein ebenso schreckliches wie schönes Bild: Vom Fernglas herausgelöst aus dem Waldrand, welcher der Größe des Bären das richtige Maß hätte geben können, und aus eben noch sicherer Entfernung plötzlich in eine furchterregende Nähe geholt, weckte dieses Bild in Duschan einen Sturm widersprüchlichster

Gefühle; Empfindungen von Stolz über ein Ausharren angesichts der Gefahr waren darin ebenso enthalten wie solche der Angst vor einem Verbleiben an diesem schrecklich gewordenen Ort. Als der Bär schließlich vorwärts zu gehen begann, so daß sein mit beweglicher Schwärze drohender mächtiger Körper alsbald fast das ganze Sichtfeld des Glases ausfüllte, ließ Duschan es am Halsriemen fallen, nahm das Gewehr, entsicherte es in fahriger Eile und schoß, deutlich hochhaltend, gegen den Waldrand hin. Die Kugel mußte einen Baum gestreift haben, denn sie verlor sich ziellos jaulend in der Nacht. Aus einem nacktarmigen, im Feld vor dem Waldrand freistehenden Ahorn flog rauschend eine Schar Saatkrähen auf, und irgendwo dahinter buhte die Ohreule wieder. Vom Bär kam kein Laut. So sorgsam Duschan den Waldrand absuchte und auch über das Brachfeld davor mit dem Glas in die Quere strich — der Bär war verschwunden.

Langsam wich die Spannung von Duschan. Aber er wurde dessen nicht froh, denn nun beschlich ihn das Gefühl, als Jäger, der er doch war, gleich zweimal versagt zu haben. Weder hatte er sich während des Transports mit seiner Seele in den Bär hineinversetzt, von dem er doch wußte, daß er hungrig war und nahe und Pferd und Esel eine einzige große Verlockung, noch hatte er beim zweiten Gewehrschuß mit Überlegung gehandelt, vielmehr in blankem Entsetzen, als der Bär ihm aus dem Glas mitten ins Gehirn gesprungen war, wo er noch immer lauernd saß. Beklommenheit auch darüber mischte sich in seine trübseligen Gedanken, daß man höheren Orts gewiß seinen Bericht einfordern würde, denn dieser Bär wurde noch in keinem Bestandsbuch der hiesigen Reviere geführt und war darum ein mit allen Einzelheiten der beiden Begegnungen gewissenhaft zu reportierendes besonderes Vorkommnis. Obendrein kamen Duschan Zweifel, ob es klug gewesen war, dem deutschen Herrn noch vor Abgabe einer Dienstmeldung Mitteilung von diesem Bär zu machen. Er verwünschte seine auf die schönen Dinge des Westens gerichtete Habgier, denn nichts anderes war der Grund seines Schreibens gewesen. Er konnte nur hoffen, daß die Verfehlung nicht aufkam.

Jedenfalls fühlte er sich rundherum miserabel. Als er wieder eine Zigarette anbrannte, kam ihm von der harmlosen Beobachtung, daß seine Hand dabei nun nicht mehr zitterte, keineswegs Zuversicht, sondern nur die Erinnerung an die Furcht beim Anzünden der ersten Zigarette hinter diesem Steinhaufen, wo er immer noch stand. Er sehnte sich plötzlich mit einem Frösteln zwischen den Schultern nach der Sicherheit einer Jagdkanzel und der Gewißheit seiner Vorschriften. Es fielen ihm, da ihm alle großen Entscheidungen abgenommen wurden, schon die kleinen eigenen schwer genug, zum Beispiel das Hinübergehen jetzt zum Kadaver, das entsicherte Gewehr mit dem Lauf zum Waldrand im linken Arm, den rechten Zeigefinger im Abzugsbügel. Schon dabei brach ihm der kalte Schweiß aus. Und erst der Schauplatz seiner vorschriftswidrig herbeigeführten Niederlage — ein Ort des privaten Desasters! Er lehnte das Gewehr an den umgestürzten Karren und suchte mit fliegenden Händen unter der Plane, die halb über dem Esel lag, nach der Gaslampe. Er fand sie, und weil sie unbeschädigt schien, pumpte er Druck auf, riß ein Streichholz an und hielt es an die Zündstelle.

Das Licht kam mit leisem Knall. Der Kadaver war weiter gedunsen. Aus dem blauen Maul starrten Duschan, wie in diabolischem Grinsen über seine Schmach, lange gelbe Zähne an. Angewidert zog er dem Esel die Plane über den Kopf und trat mit dem Fuß nach ihm. Dann wuchtete er den Karren auf das Hinterende, so daß die beiden Deichseln jetzt steil aufragten, und hängte die Gaslampe mit Hilfe seines Leibriemens — nach Art kleiner Leute trug Duschan zum Gürtel stets auch noch Hosenträger — hoch an einer Deichsel auf. Danach zog er Jackett und Pullover aus, hängte beides so sorgsam, als sei er zu Hause, über ein Wagenrad und hob dann eine nur noch mit dem Unterhemd bekleidete Achsel an seine Nase. Den Schweißgeruch, der dem Hemd anhaftete, fand er ausreichend für das, was er vorhatte. Er zog es sich über den Kopf und knotete es mit einem der Ärmel in Höhe der Lampe an die andere Deichsel. So konnte der Nachtwind, der sanft gegen den Waldrand hinstrich, dem Bär bis zum Morgen eine Gegenwart Duschans vortäuschen und ihn vom Kadaver fernhalten; er hatte noch keine durch ein Anfressen gefestigte Beziehung zu ihm. Bei Sonnenaufgang wollte Duschan mit dem Pferd und zwei oder drei Burschen aus dem Dorf wiederkommen und den Kadaver endlich an seinen rechtmäßigen Platz schaffen. Noch einmal blickte er über die theatralisch beleuchtete Szene hin, fand alles zum besten und machte sich, nachdem er Pullover und Jackett wieder angezogen hatte, auf den Nachhauseweg. Einige Male blickte er noch zurück, das Gewehr wieder schußbereit im Arm. Daß er es nun gesichert trug, drückte eine kleine wiedergewonnene Zuversicht aus, daß er auch die unangenehmen Dinge, die er auf sich zukommen sah, erfolgreich bestehen würde. Er pfiff sich sogar gegen die Reste seiner Bärenfurcht ein kleines Lied.

Es war Joops Gewohnheit, beim abendlichen Aufarbeiten von Vorgängen des Tages, die er, wenn er der Büroatmosphäre überdrüssig war, zu sich nach Hause mitnahm, den Fernsehapparat einzuschalten. Er tat das aus einem rational niemals aufgeklärten Bedürfnis heraus, Leben um sich zu haben nach der Doppeltürstille eines langen Bürotages. Aber nur selten achtete er darauf, was die Stimmen, die an sein Ohr drangen, wirklich sagten. Und auch auf die Bilder schaute er, während er über Zahlen und Marktanalysen gebeugt saß, dann nicht. Es mußte schon etwas sehr Ungewöhnliches aus dem Gerät kommen, eine interessante Stimme, ein intelligentes Wort, ein rätselhaftes Geräusch, um, einem Windstoß gleich, den Vorhang zu bewegen, den seine auf Bankgeschäfte gerichteten Gedanken an solchen Abenden vor sein Bewußtsein zogen. Und so wie einer aufsteht, um durch den plötzlich ins Zimmer wehenden Vorhang nach dem Umschlagen des Wetters zu schauen, so drehte Joop sich bei solchen Gelegenheiten im Schreibtischsessel zum Bildschirm hin. Nicht für lange meist; nach kurzem Hinschauen pflegte er zu seinen Papieren zurückzukehren. Mit dem Anspruch eines Mannes, in dessen Kreisen man das Fernsehen sowieso für eine Veranstaltung hielt, die einem offenen Hemdkragen gleichkam, hielt er seit langem schon das meiste, das gesendet wurde, für eine an niederster Nachfrage orientierte Billigware. Und weil es Joop zur Gewohnheit geworden war, so gut wie alles, was das Leben für ihn bereithielt, auf seinen Geldwert hin zu befragen, lag es für ihn nahe, das Fernsehgerät, wenn er des Abends zu Hause war und arbeitete, bis weit in die Nacht hinein laufen zu lassen; es verschaffte ihm neben der Illusion einer abendlichen Lebensteilnahme das Gefühl, einen wenn auch nur geringen Gegenwert für seine Gebühren zu erhalten.

Solche skurrilen Gegenrechnungen gestattete sich Joop besonders deshalb, weil er darin den Gegenbeweis für eine ihm, wie er wußte, von Waidgenossen nachgesagte Humorlosigkeit sah. Nun war sein Humor freilich auch von einer Art, wie sie in Männerrunden leicht unbemerkt bleibt. Darin würde er nie waidgerecht werden, hielt er doch sogar ein paar Blutspritzer auf der Hemdmanschette, wohin sie beim Aufbrechen des getöteten Wildes versehentlich geraten konnten, weil das Après-Schieß-Ritual das Hochschlagen der Ärmel nicht erlaubte, für verzeihlicher als die kleinen verbalen Schmuddeligkeiten, die in Jagdgesellschaften zu später Stunde als Humor durchgingen.

An einem solchen Arbeitsabend, in der üblichen Geräuschkulisse sitzend und während er über eine Antwort nachdachte auf die an ihn gerichtete schriftliche Anfrage des Vorstandsvorsitzenden seiner Bank, ob er wohl Interesse hätte, als Gutachter der Weltbank in ein östliches Land zu reisen, um über die Förderungswürdigkeit einiger Erschließungsprojekte zu befinden, riß ihn das tiefe, zu immer größerer Lautstärke anschwellende Grollen einer Tierstimme aus seinen Gedanken. Als er sich im Schreibtischstuhl zum Bildschirm drehte, starrte ihn in einer Großaufnahme das zornig erregte Gesicht eines Braunbären an.

Joop war mit der populärwissenschaftlichen Bärenliteratur vertraut genug, um in diesem Gesicht sogleich den Grizzly zu erkennen. Die Kopfgröße sprach dafür und auch der Ausdruck der Aggression in den flach zurückgelegten Ohren, den wutfunkelnden Augen und dem geöffneten Maul, in dessen Winkeln weißer Schaum stand — letzteres ein Zeichen von Streß, wie Joop gelesen hatte. Und noch bevor das Bild sich langsam in die Totale weitete, ahnte er, was diesen Bär so erregte. Und tatsächlich sah man das Tier, als der Kamerazoom beendet war, inmitten einer Mülldeponie stehen, vergesellschaftet mit einem Dutzend weiterer Bären und aus dem Vordergrund bedrängt von Touristen mit Kameras vor den Augen. Ein Wildhüter, an dessen Uniform man leicht den Bediensteten eines nordamerikanischen Nationalparks erkennen konnte, versuchte gestenreich, die allzu Sorglosen zurückzudrängen. Die Kamera wandte sich dann anderen Einstellungen zu.

Man sah jetzt die Bären genüßlich in Küchenabfällen wühlen, und ebenso genüßlich wühlte die Kamera mit neuen Großaufnahmen in den Gesichtern der Bären, wenn der eine oder der andere mit einer Plastiktüte über dem Maul oder einem Yoghurtbecher auf einem Ohr aus dem fetten Müll auftauchte.

Joops Gedanken wanderten fort von diesen ihn deprimierenden Bildern, die dem Jäger in ihm recht zu geben schienen im Glauben, daß den Wildtieren die Kugel am Ende eines ungeschützten kargen Lebens angemessener sei als der satte Alterstod im geistigen und materiellen Schmutz der Zivilisation. Er nahm wieder die Anfrage des Vorstandes seiner Bank zur Hand. Mit halbem Ohr hörte er noch, daß die Verhausschweinung der Bären, wie der Ethologe Lorenz diese Bilder wohl kommentiert hätte, Hand in Hand ging mit einer bedeutenden Wissensvermehrung bezüglich ihres Kommens und Gehens, ihres Wachens und Schlafens, möglich gemacht durch die Technik der Telemetrie via Halsbandsender und Himmelssatellit. Das siedelte den Film, dachte Joop noch, in den sechziger Jahren an, und er glaubte sich auch vage an eine Zeitungsinformation des Inhalts zu erinnern, daß man die Mülldeponien in den bärenhaltigen Parks Nordamerikas mit dem Ziel einer neuerlichen Entfremdung zwischen Mensch und Tier geschlossen habe. Es änderte seine Auffassung von der Fragwürdigkeit unbejagter Tierpopulationen indessen nicht. Er hatte sich inzwischen auch gedanklich freigemacht von den Bären. Die Weltbank, las er, hoffe deshalb auf ihn als Gutachter, weil man in New York Kenntnis habe von seinen mehrmaligen Jagdreisen nach Osteuropa, Kenntnis auch von seinem desgleichen jagdlich veranlaßten zweimaligen Zusammentreffen mit dem bedeutendsten Regierungschef der Region. Da dürfe man Erfahrungen sowohl mit Land und Leuten als auch mit den dort herrschenden politischen Strukturen, dem gewiß heikelsten Punkt in den Kreditüberlegungen, bei ihm wohl voraussetzen.

Mit der Nonchalance eines Mannes, der sich auch mit den privaten Facetten seines Lebens gelegentlich als Objekt der Medien sieht, nahm er es als einen Tribut an seine Professionalität, daß seine ja auch in der Tat bankpolitisch getönte Jagdpassion selbst in New York bekannt war. Um so mehr störte es ihn, daß man sie an einer Stelle des ihm vorliegenden Textes als *Hobby* bezeichnete. Er verabscheute dieses Wort in Verbindung mit der Ausübung der Jagd, seiner Art von Jagd jedenfalls. In einem Gedankengemenge aus Erinnerungen an vergangene Jagdtage in den unberührten Weiten Osteuropas sowie Hoffnungen auf glückliche neue beschloß er zu reisen. Auf dem Weg ins Bad, durch die Diele, strich er im Vorübergehen am Waffenregal mit der Hand über den seidenglatten Walnußholzschaft seiner besten und schwersten Büchse. Natürlich, da waren die Geschäfte; es würde schwierig werden, die Termine zu koordinieren.

Der Hochwald nahm den Bär wieder in seine Obhut. Aus ihm war er gekommen, und es hatte ihm nicht gutgetan, das grüne Zwielicht zu verlassen, das seiner Tiergestalt, indem es sie dämpfte, den öffentlichen Schrecken nahm; daß er ins offene Land hinausgetreten war aus den Kulissen der Bäume, so daß er sichtbar wurde für Augen, die seine Größe nicht in Ehrfurcht vermaßen, sondern in Trophäenpunkten, und die seinem Alter nicht die Natur seines Lebens abfragten, sondern den Zeitpunkt seines herbeigewünschten gewaltsamen Todes. Hier nun, zurück im großen Wald aus lichtstehenden alten Bäumen, war er unter den vielen Schatten, die von den windbewegten Kronen auf den Waldboden und an die grauen Stämme der Buchen geworfen wurden, nur ein wandernder Schatten mehr. Die Dolinen im Kalkgestein, in dessen verwitterter Oberschicht der Buchenwald stockte, enthielten noch Schnee. Er taute nur langsam und gab das Schmelzwasser in den rissigen Karstgrund. Krautteppiche erschienen im Wald, mit überständigen Beeren daran, die der Winter unterm Schnee konserviert hatte. Mühsam weidete der Bär darüber hin. Die Blätter, die er mit den Beeren fraß, färbten den weißen Schaum in den Winkeln seiner Lefzen grün.

Dieser Schaum war ihm nach dem zweiten Schuß ins Maul getreten, als es sich unter dem Aufjaulen der hoch über seinem Kopf quergeschlagenen Kugel zitternd in Bewegung gesetzt und den durch die Fleischwitterung reichlich geflossenen Speichel zu stinkender Sahne geschlagen hatte. So war er lange durch die Fichten der nächtlichen Ebene gelaufen, war mal an die alte, mal an die neue Straße geraten und von jeder wieder abgeprallt wie die Billardkugel von der Bande. Die Nacht ging zu Ende, als er vor einer Unterführung stand, einer bauernwagengroßen Betonröhre im aufgeschütteten Unterbau der Autobahn, die er schon kannte. Aber die Straße übte auf ihn keinen Schrecken mehr aus, weil sie im Morgengrauen noch ganz ohne Verkehr war. Er hatte nicht lange gezögert und den Durchlaß betreten, denn dahinter war deutlich das vertraute Wipfelrauschen des Hochwaldes zu hören. Er war das Ziel. Am Ende der Röhre weitete sich ein großer, aber abgeernteter Maisacker mit einem hohen, schmal überdachten Holzgerüst darauf, wie es den Bauern zum Aufhängen der Maisfrüchte dient. Zwar war es leer gewesen, aber ringsum hatten sich so viele vergessene Maiskolben gefunden, daß es dem Bär gereicht hatte, seinen Hunger wenigstens zu dämpfen. Danach war er in den Wald hinaufgegangen.

Nach jener ersten Beerenweide am Morgen, die ihm das Maul grün eingefärbt hatte, ging er auf weiträumige Erkundung. Er traf auf keinen Weg und sah auch sonst keine Spuren von Menschen. Irgendwann geriet er an eine Doline, die er näher untersuchte. Über einen schräg in den Gesteinskessel hinunterführenden Abhang kam er am jenseitigen Rand unter ein Dach aus überhängendem Gestein, das schneebedeckt war und von Baumwurzeln durchzogen, so daß man nicht sagen konnte, ob der Stein den Baum hielt oder der Baum den Stein. Lange beroch er Boden und Wände dieser Halbhöhle, von der ein schwacher Bärengeruch ausging, welcher aber sehr alt sein mußte und ihn darum nicht weiter kümmerte. Dann prüfte er die Windrichtung, fand sie günstig, weil auf ihn zu stehend, so daß er nicht überrascht werden konnte, drehte sich nach Hundeart um sich selber, wobei er große, von der Decke gebrochene Steine beiseite räumte, legte sich brummend nieder, wälzte sich zu bequemer Bauchlage zurecht und schlief alsbald, den Kopf auf den Tatzen, ein. Er schlief, von nur kurzen Wachzeiten unterbrochen, zwei Tage und zwei Nächte.

Als er aus der Höhle kam, richtete er sich sogleich zu seiner ganzen Größe auf, als wollte er die steifgewordenen Glieder dehnen. Aber das Aufrichten diente nur einem Wittern über den hohen Luvrand der Doline hinweg. Es hatte noch einmal geschneit, und alle guten und schlechten Nachrichten, die er dem dicht über den Boden dahinstreichenden Wind zu entnehmen pflegte, wurden vom Schnee unterdrückt. Der Wald war wie frisch gelüftet, ein Ort der

Neue. Mißmutig ließ der Bär sich auf die Vorderfüße zurückfallen; beim Stoß der Tatzen auf den Boden entwich ihm ein Schwall schaler Luft aus dem Magen. Aber er brauchte an keinen Hunger erinnert zu werden, der als ein inwendiger schwarzer Schatten seines mächtigen, nach Fleisch verlangenden Körpers immer mit ihm ging und nur wenig aufgehellt wurde von den Lichtblicken eines stets kleinen Fressens. Er schüttelte sich das Fell aus und lief die Dolinenschräge, über die er vor zwei Tagen zur Höhle herabgekommen war, wieder hinauf, in den Wald.

Der Schnee lag nur dünn, es war unter den Füßen zu spüren. Als er sich trotzdem hineinwarf, um sich wälzend das Fell zu säubern, haftete ihm sogleich altes Laub an. Er stand auf und drehte einen großen flachen Stein um, an dem er sich beim Wälzen die Schulter gestoßen hatte. Ein paar Asseln kamen zum Vorschein; er leckte sie auf. Unter einem anderen großen Stein holte er sich eine Zunge voll kleiner gelber Ameisen; noch ein anderer gab einen knittrigen Regenwurm her und ein weiterer eine klamme Blindschleiche. Eine Kröte, die er aus dem Laub wühlte, verschmähte er; ihre warzige, eklig schmeckende Lederhaut war ihm aus schlechter Erfahrung ein Greuel. Zwei Schneckenhäuser, die er zerbiß, waren leer. Er spuckte die Splitter aus, dann trottete er weiter. Eine dickstämmige Fichte, die sich hier, unter lauter lichtgierigen Buchen, als Nachhut eines weiter hinten bergan steigenden Mischwaldes behauptete, weckte mit ihrer singulären Erscheinung seine Neugier. Er beschnüffelte ihren Wurzelbereich lange. Schließlich grub er mit den Tatzen zielsicher auf einen schwachen Pelzgeruch zu. Bald lag ein stark lethargischer Siebenschläfer frei. Der wußte nichts davon, wie er vom kleinen Tod sogleich in den großen kam. Während der Bär noch dem kalten Happen auf dessen Weg in den Magen hinterdreinfühlte, sah er unweit von sich eine kleine, aus dem Nest gefallene Ohreule flugunfähig im Schnee hudern. Er grunzte im Takt seiner Sprünge zu ihr hin und hatte sie schnell erreicht. Ihr Versuch, sich mit den Flügeln rudernd über den Schnee nach nirgendwo zu retten, endete im Maul des Bären. Er schluckte die Kreischende mit Schnabel, Krallen und Federn; sie verlohnte das Kauen nicht.

Alles war wieder still. Der Bär harnte, denn er hatte am Morgen viel Schnee aufgeleckt. Unter ein paar Steinen erbeutete er noch drei reglose Spinnen und einen kleinen gelben Skorpion, den er aber laufen ließ. Dann schien er dies alles überzuhaben. Wie gelangweilt staubte er mit schwingenden Tatzen, mal rechts, mal links, den Schnee von ein paar Krautbüscheln, die sich ihm durch ihre grünen, aus dem Weiß herausschauenden Blattspitzen verraten hatten. Mit den Lippen nahm er ihnen ein paar Beeren ab. Viele waren es nicht, und bald gab er das mühselige Geschäft einer Suche nach weiterer armseliger Beute ganz auf.

Der Abend kam früh im Hochwald. Der Bär hatte sich in der Dolinenhöhle gut aufgehoben gefühlt, darum lief er auf eigener Spur zu ihr zurück. Als er oben auf der Schräge stand, die zu ihr hinunterführte, trat eine starke alte Bärin aus ihr heraus; rechts und links hinter sich hatte sie zwei noch sehr kleine Junge. Sie war von ihrer Winterhöhle, in der sie im Januar geboren hatte, auf dem Weg zu einer der nahen Fütterungen, die sie aus dem Vorjahr kannte. Weil es wieder zu schneien und auch Nacht zu werden begann, war sie zu dieser Dolinenhöhle gekommen; sie hatte ihr im vorigen Sommer als Tagesbettstatt gedient. Drohend blaffte sie nach oben, zum Bär hin, der auf der Schräge stehengeblieben war, reglos vor Staunen, denn er sah seinesgleichen zum ersten Mal wieder, seit er vor vielen Jahren von hier fortgegangen war. Da er sich noch immer nicht rührte, kam die Bärin in großen Sätzen zu ihm die Schräge herauf. Ihr Anprall warf ihn um, während sie auf den Beinen blieb und ihm mit dem Maul grob über Nase und Unterkiefer griff. Nur mit einem harten Tatzenhieb gegen ihren Hals konnte er sich befreien. Aber gleich ging sie ihn aufs neue an, und diesmal rollten sie beide über die Schräge in den Dolinenkessel hinunter. Der Ausgang des an Heftigkeit zunehmenden Kampfes, den der Bär eher erstaunt und zurückhaltend, die Bärin aber mit großer Wut führte, wäre ungewiß gewesen, hätten die beiden Jungen das ernste Raufen der Altbären nicht mißverstanden als eine Aufforderung, sich spielend einzumischen. Im Übermut springend und sich dabei in die Höhe schraubend, aus der sie in den Schnee zurückfielen, nur um gleich weiterzutoben, kamen sie näher — zu nahe für den Geschmack der Bärin, die schon einmal ein Junges an einen hungrigen Altbär verloren hatte. Sie löste sich von diesem hier, dem sie offenbar dieselbe Absicht unterstellte, und trieb ihre Brut mit leichten Tatzenhieben und Maulstößen in die Höhle zurück.

Der Bär nutzte die Pause und lief die Schräge hinauf und gleich weiter in den Wald, als er hörte, daß die Bärin ihm keuchend nachkam. Dreimal blaffte sie ihm, am Dolinenrand stehenbleibend, hinterdrein. Es schneite jetzt stärker, und bald hatten sie sich aus den Augen und aus den Nasen verloren. Der Bär war in Schritt gefallen. Er zog bergwärts, hinauf unter die dickleibigen Tannen, Fichten, Buchen und Bergahorne. Der Schnee minderte die Stärke seines Witterns, und die Nacht beeinträchtigte sein Sehen. Das machte seine Ohrmuscheln beweglich und auch den Hals, mit dem er sie auf die vielfältigen Geräusche des alten Waldes richtete: das Aufrauschen der Kronen, wenn eine Fallböe von der Kammhöhe herunter sie talwärts bog; das stöhnende Knarren, wenn in der Hinneigung des einen Baumes zum andern Holz sich an Holz scheuerte; das Peitschen und Knacken, wenn ein verklemmt gewesener Ast in seine Ruhelage zurückschnellte oder brach. Bald war das Fell des Bären so weiß, daß er, nachdem er lange lauschend dagestanden war, von einer großen Eule für einen beschneiten Felsblock genommen wurde, auf dem sie, einen Ansitz suchend für die Bodenjagd, zur Landung ansetzte. Als er knurrend den Kopf aufwarf und mit einer Tatze nach ihr schlug, wendete sie so dicht über ihm, daß die Abluft aus ihren Flügeln ihm den Lockerschnee aus dem Rückenfell stäubte.

Er ging weiter. Seinen Weg richtete er nach der Steigung des Bodens. Nur die Höhe bot Ruhe. Sie hob ihn über menschliche Machenschaften hinaus (was einem Bär gewiß nicht der Kopf zu sagen vermochte, wohl aber das hier oben ruhig schlagende Herz und ein Maul, das nicht mehr mit dem Schaum innerer Erregungen, sondern mit dem Weiß des Schnees behaftet war). Diese Höhe, in der es keinen mehr gab, der einen Willen zum Kampf schon von seiner Größe ablesen würde, ließ ihn mit jedem Schritt bergwärts aber auch das Alter spüren: steifer werdende Gelenke, kürzer gewordene Sehnen und ein Herz, das nicht mehr nur körperliche Anstrengung schneller schlagen ließ, sondern auch eine neubeschaffene Kleinmütigkeit. Sie war früher eine sein Herz nicht berührende Vorsicht in der Deutung der Welterscheinungen gewesen. Heute stieß sie ihn immer tiefer in die Niederungen eines altgewordenen, abseits der eigenen Art dahingehenden Bärenlebens: mächtige Reißzähne, die gelb und schrundig aus einem Maul drohten, in welchem schon die Zunge zuviel der Gewalt war für die Nichtigkeit der ihm verbliebenen Beute: Asseln und Spinnen, Regenwürmer und Ameisen; und die Krallendolche, die sich in neugeborenes, zur Flucht unfähiges Leben bohrten anstatt wenigstens zweimal im Jahr, vor dem Winterschlaf und danach, in die harten Muskeln eines Rinderhalses oder in die Rippenpartien von Schafen; und die mächtige Stimme, die im Regen greinte, und das lockersitzende Fell, das ihn nicht mehr richtig wärmte, und der Schlaf, der mit ihm ein so leichtes Spiel hatte wie der Winter mit dem Siebenschläfer. Und darum stand in Duschans zweiter Mitteilung an Joop, dieser fremde, hergelaufene Bär sei alt und leicht zu verjagen; er habe es letzte Nacht ausprobiert, und genauso leicht sei er an eine Fütterung zu gewöhnen, wenn man darauf achthabe, daß er nicht Haustiere reißt und seinen großen Hunger gegen die Vorschriften stillt. Er, Duschan, wolle diese Gewöhnung des Bären an eine ordentliche Fütterung demnächst OK machen, und dann müsse dieser Bär weg, und ob der Herr denn schon um eine Abschußgenehmigung eingekommen sei, unter Bewahrung von äußerstem Stillschweigen seitens des sehr geehrten Herrn, bitte sehr, über die Herkunft seines Wissens von diesem Bär . . .

An drei von sechs Tagen, die Joop seiner Gutachtertätigkeit im Auftrag der Weltbank widmete, konferierte er in Wien, Bukarest und Belgrad. An den drei Tagen dazwischen hörte er *vor Ort*, wie es später in seinen Berichten heißen würde, Kollegenwünsche zur Restfinanzierung eines großen Staudammbaus in einem abgelegenen Alpental an, erläuterten ihm Agraringenieure die geplante Umwandlung einer kleinstrukturierten Landwirtschaftsregion in wenige Großproduktionseinheiten, diskutierte er mit Regierungsfunktionären die Möglichkeiten einer touristischen Entwicklung der großen Auenlandschaft zwischen Donau und Drau und nahm er Absichten in Augenschein, die Save-Auen mit neuen Industriestandorten zu besiedeln. Seinem vorab in den Ostblock übermittelten Wunsch, bei jedem Ortstermin Vertreter eines neuen ökologischen Denkens dabeizuhaben, war man anfänglich, wie Joop der Konversation mit ihnen später entnahm, mit Erstaunen begegnet, hatte sich dann aber auf der Suche nach einem Grund für dieses Ansinnen der Jagdpassion des Weltbankiers erinnert und am Ende den Wunsch nicht nur ganz natürlich gefunden, sondern die wie selbstverständlich gewährte Erfüllung als Ausweis für eigenes fortschrittliches Denken im

Umgang mit natürlichen Ressourcen offeriert. Nein, erfuhr Joop, ohne daß ein suggestives Fragen mit dem Ziel einer bestimmten Antwort vorausgegangen wäre, nein, die Belange der Jagd und verbunden mit ihnen die des Naturschutzes seien durch die geplanten Projekte nicht oder doch nur geringfügig tangiert; in jedem Fall werde man ökologische Ausgleichsmaßnahmen treffen und anderswo *Biotopverbesserungen* vornehmen. Letzteren Begriff benutzte man als Lehnwort aus dem Deutschen in der eigenen Landessprache, was Joop zwar wunderte, ihn aber nicht fragen ließ, wie dieser Wortbastard in den Osten gekommen war, wo er doch in der Bundesrepublik gerade erst anfing, sich in die Sprache der Naturnutzer einzunisten; und während er dort zunehmend die Aufgaben eines Beschwichtigers zugewiesen erhielt, kam er hierzulande, wo die Lebensräume der Tiere und Pflanzen noch weithin intakt waren, der bekannten Eule gleich, die man nach Athen trägt. Überraschter war Joop, und zwar angenehm, von der unbedingten Gleichsetzung von Jagd und Naturschutz, weil dies daheim nicht unumstritten war, wie er der einen oder anderen publizistischen Polemik gegen die Jagd mit Mißvergnügen entnommen hatte. Wie auch immer, er mochte, was er hier hörte, nicht für ein bloßes Reden nach seinem Munde halten, erinnerte er sich doch daran, wie er auf der Autofahrt zwischen den Örtlichkeiten zweier prospektiver Kreditobjekte, während er wie üblich Papiere studierte, von seiner Begleitung auf große Hirschrudel aufmerksam gemacht worden war, die am hellichten Tag und gut vierzig Köpfe stark in den weiten Agrarsteppen zwischen Flußauen und im Feld isolierten Pappelgehölzen vertraut umherzogen. Es mußte in diesen östlichen Ländern, dachte Joop, eine Verträglichkeit zwischen Jagd und Natur geben, welche die daheim ja auch gegebene Kompatibilität beider noch weit übertraf. An sie zu glauben, auch als ein überzeugter Benutzer von Computern, war einfach die geistige Grundlage von Joops Jagen.

In seiner exquisiten Bewirtung an den Abenden dieser Dienstreise, meist in abgelegenen Jagdhäusern und immer mit einer zum türkischen Mokka ausgesprochenen Einladung an ihn, länger zu bleiben oder zurückzukehren, um auf Hirsch oder Rehbock, Sauen oder Fasane, Enten oder Gänse zu waidwerken (auch über eine Großtrappe würde sich reden lassen), darin mochte Joop nicht wirklich einen Versuch seiner Gastgeber sehen, sich seines positiven Votums in den anstehenden Kreditverhandlungen zu versichern, denn, nicht wahr, was längst eigener gesellschaftlicher Standard des Umworbenen ist und sein gewohnter Lebensstil, das taugt nicht zur *Korruption*. Mein Gott, dachte Joop entgeistert, was für ein Wort!

An einer Wand der Bankettsäle, in denen er speiste, hing ausnahmslos stets das fotografische Bildnis des Potentaten, in dessen Land Joop gerade weilte.

(Er vermied es, selbst in seinen Gedanken, die Abgebildeten *Diktatoren* zu nennen, und sah darin, als es ihm bewußt wurde, nur eine gebotene Rücksichtnahme auf die ihn nichts angehende politische Gesinnung von Großkunden seiner Bank. So hatte er es immer gehalten; es war professioneller Standard.) Dem Ambiente der Häuser entsprechend, waren die *Herren* — auf dieses Wort einigte er sich mit sich selber — immer im rustikalen Jagdhabit zu sehen, allein im Bild oder vor einem respektvoll Abstand haltenden Halbkreis aus ernst dreinblickenden, oft schnauzbärtigen Funktionären, die ihm das Wild zugehalten hatten. Zu den in Stiefeln steckenden Füßen lag ihnen der gestreckte Hirsch oder der erlegte Bär; mit kleinerem Wild zeigte sich keiner. Die am Lauf gehaltene schwere Waffe mit dem Zielfernrohr daran hatten sie mit dem Schaft dem Genick der toten Beute aufgesetzt, aber den zu dieser Pose eigentlich gehörenden triumphalen Blick und das vorgereckte Kinn des Siegers zeigten sie nicht.

Als Joop darüber eines Abends zu einem kleinen, in Pullover und Cordhose selbst für eine sozialistische Abendgesellschaft unangemessen salopp gekleideten Universitätsgelehrten aus seiner ökologischen Begleitung eine Bemerkung gemacht hatte, die auf das Allgemeinmenschliche der Abgebildeten verwies, war ihm nach einem raschen Blick über die Schulter mit einem undeutbaren Lächeln aus melancholischen Augen geantwortet worden, es seien diese Männer schließlich aufgeklärte Demokraten, was sich daran zeige, daß sie ihren Opfern zur Waffe nicht auch noch den Stiefel ins Genick setzten. Joop hatte danach das ihn irritierende Gefühl gehabt, seiner Neutralität als Gutachter zuliebe irgendwie Anstoß nehmen zu sollen; er entschied sich dafür, das Wort *Opfer* nicht zu mögen, weil es nicht zur jagdlichen Situation paßte. Er hatte aber nichts gesagt, der kleine Professor war auch sogleich zu einer plaudernd dastehenden Kollegengruppe gegangen.

Immer gab es Hirschgeweihe an den Wänden zu sehen, keines aber kam in Reife und Ausdruckskraft den Trophäen gleich, die man auf den Bildern der Potentaten sah: diese unterarmdicken Stangen, diese Vielzahl der an den Spitzen elfenbeinern schimmernden Enden zwischen Augsprossen und Becherkronen, diese Perlung der Rosen! *Knochenmonster!* dachte Joop spontan, sah aber zu seinem Erstaunen in diesem Wort sofort den Ausdruck einer inneren Distanzierung vom Gesehenen, der fast Freudsche Qualität hatte. Er wollte sich gerade in den herkömmlichen Gedanken retten, es seien solche mächtigen Geweihe die Erntefrüchte einer bewundernswert konsequenten Wildhege, als er den kleinen Professor wieder neben sich sah und ihn milde sagen hörte, daß diese sperrigen Gebilde, betrachtete man sie naturwissenschaftlich, eigentlich schon auf dem Kopf der Hirsche ein biologischer Unfug seien, eine an das Leben im Forst nicht angepaßte Knochenluxurierung und auch den Hirschkühen ganz egal. Was diese Imponierstangen gar an einer Wohnungswand zu suchen hatten, dafür habe er keine Erklärung, abgesehen von der Vermutung, es handle sich hier um eine atheistische Heiligenverehrung, was aber eine *contradictio in adjecto* sei. Er wundere sich nur, daß nicht wenige intelligente und einem strengen Kosten-Nutzen-Denken verpflichtete Menschen bis zu fünfzigsechzigtausend Deutschmark für den Erwerb von ein paar Pfunden alter Knochen bezahlten, welche die Hirsche, solange man sie leben ließ, jedes Jahr im Februar, vermutlich mit einem Gefühl der Erleichterung, in den Schnee würfen und die Nachfahren dieser Jäger eines Tages, vermutlich mit einem Achselzucken, in den Müll — *Sperr*müll sei wohl das richtigere deutsche Wort, nicht wahr.

Joop war auch diesmal einer Antwort enthoben, weil der kleine Mann sich sogleich wieder entfernt hatte. Er hätte bleiben sollen, um die Wirkung seiner Worte zu erleben. Joop fragte sich nämlich mit einem Gesicht, dem die Verwirrung der Gefühle deutlich anzusehen war, ob des Professors mokante Rede nicht bloß zu einem klärenden Aufkochen gebracht hatte, was als ein ungeklärter Gedankensud in ihm seit längerem schon auf kleiner, von leisen Zweifeln am Sinn einer Trophäenjagd genährten Flamme vor sich hin köchelte, ein Sud, aus dem blasengleich das ketzerische Wort *Knochenmonster* aufgestiegen war für einen Gegenstand bisheriger Verehrung.

Joop hatte sich dann, Ablenkung suchend, den Fotos zugewandt, die prominente Jäger, zwei deutsche Freunde darunter, mit den von ihnen erlegten Bären zeigten. Es fachte seine vorübergehend ermüdet gewesene Jagdlust wieder an. Dabei wollte aus der gerade durchlebten leichten Verwirrung schon wieder eine Blase in Gestalt eines Wortes aufsteigen: *Beuteneid*. Denn ein Bär fehlte noch in der langen Liste der von Joop erlegten Wildtierarten. Aber er hatte diese Blase mit einem Gähnen zerdrückt.

Irgendwie schlief er nicht so gut in der darauf folgenden, waldumrauschten Nacht.

Sein Dienstwagen, eine schwere Limousine, war unterwegs zu ihm in den Osten. Joop war mit dem Flugzeug gekommen, einem bankeigenen Kleinjet, der ihn auch zwischen den Hauptstädten hin und her geflogen hatte. Zurückkehren würde er in seinem Wagen, der vom Chauffeur gerade hergefahren wurde. Bis auf Joops Jagdwaffen und etwas Gepäck im Kofferraum war er leer.

Joop führte auf jagdverdächtigen Reisen stets drei Gewehre mit sich: eine zweiläufige Siace-Hahn-Schrotflinte, die sich beim Abkippen der Läufe von selber spannte, eine fast reine Handarbeit mit einem englischen Schaft aus Wurzelmaserholz und einer feinziselierten Arabeskengravur auf dem Kasten. Dann eine Blaser-Repetierbüchse *.270 Winchester*, in die er 8.4 Gramm-*Silvertip*-Geschosse lud. Die tiefgestochenen, feinmodellierten Tiergravuren an den Seiten über dem Abzugsbügel waren eine Sonderanfertigung nach Joops Motivwünschen: *Rotte Sauen* und *Hirschrudel im Gebirg*. (Das Schluß-E an diesem Wort in der schriftlichen Bestellung wegzulassen, das entzückte wegen der Kennerschaft, die darin steckte, nicht nur ihn selber, sondern auch die bayerischen Waffenhändler, bei denen Joop hochangesehen war, trotz seiner rheinischen, also preußischen Herkunft. *Gebirg*, das zeigte ihnen das historische Schmankerl-Wissen dieses Kunden: *Sie gewöhnten die Hirsche ins Gebirg*, heißt es in alten Urkunden von den Wittelsbachern, die in den bayerischen Alpen, wo die Hirsche bis dahin nie ihre Wintereinstände gehabt hatten, immer nach der Brunft im Herbst das Füttern begannen, damit diese heiligen Kühe der Jagd nicht mehr in die milden Täler zogen, wo nicht nur schieß- und fleischhungrige Bauern auf sie warteten, sondern auch alle Übel der neuen industriellen Zivilisation.) Der Laufsattel für das Zeiss-Zielfernrohr enthielt reichen Eichenlaubschmuck und hatte, unbeabsichtigt passend zu Joops Brille, einen dezenten Goldrand, der mit dem vergoldeten Abzug harmonierte. Das Abdeckkäppchen unter dem geschnitzten, in den edlen Schaft übergehenden Pistolengriff mit seinen feinen, die schwitzende Hand stabilisierenden Verschneidungen war aus 835er Silber und trug Joops Monogramm.

Sein eigentlicher Stolz aber war der Bärentöter, eine Heym-Bockdoppelbüchse. (Man konnte Joop kaum ärger kränken, als wenn man diese luxuriöse, sündhaft teure Kugelwaffe für die Großwildjagd eine *Doppelbock*-Büchse nannte, was bayerische Jagdfreunde von geringerem Anspruch und Vermögen manchmal taten — ob in Absicht oder aus tumber Ignoranz, steht dahin.) Das Selbstspannerkastenschloß mit obenliegenden Federn war 1875 von Anson & Deley, Birmingham, erfunden worden; die Schiebesicherung auf dem Kolbenhals ermöglichte schnelles, womöglich lebenrettendes Schießen. Die Versicherungssumme für alle drei Waffen war fünfundsiebzigtausend Mark.

Jede steckte in einem blaßgrünen Futteral aus lederverstärktem Persenningmaterial, maßgefertigt, und alle drei waren an der Trennwand zwischen Wagenfond und Kofferraum in eigens für sie nach Joops Idee gemachten Federbügeln mit Schnellverschlüssen eingehängt, übereinander, die leichte Schrotflinte zuoberst, die schwere Büchse unten. Im Boden des Kofferraums (eine glückliche konstruktive Fügung hatte es erlaubt) war eine mit Metall ausgekleidete tresorartige Vertiefung von der Größe eines Aktenkoffers eingelassen, die von einem stabilen und mit dem Teppichstoff des Kofferraumbodens verkleideten Deckel unauffällig gemacht war. Das Behältnis enthielt, waren die Waffen mit von der Partie, einen Mundvorrat an Munition aller passenden Kaliber.

Einige dazwischengelegte Beutel mit hygroskopischem Material sorgten für die Befolgung einer von Joops Maximen, die er, in Messing gestochen, an die Innenseite des Deckels geklebt hatte: KEEP YOUR POWDER DRY. Wie die Munition, so waren auch die Waffen, wenn am rechten Ort, unauffällig, und ein flüchtiger Blick mochte in den Futteralen ebensogut Golfschläger vermuten, zumal Joops noble Limousine von Hause aus zu derartigem Sportgerät in einem quasi natürlichen Verwandtschaftsverhältnis stand.

Eine jede von Joops Waffen hatte für ihre Grenzübertritte so etwas wie einen eigenen Personalausweis, ein wegen seines häufigen Gebrauchs auf Leinen aufgezogenes Schriftstück, in welchem Art, Kaliber, Büchsenmacher und natürlich der Eigentümer benannt waren, ebenso besondere Kennzeichen, wie nach Riedingerschen Jagdmotiven von Künstlerhand gestochene Gravuren in den Seiten eines Schloßkastens oder die markante Maserung im Holz eines Schaftes. Außerdem war jedem dieser konsularisch beglaubigten Dokumente (mit Platz für Sichtvermerke auf der Rückseite) eine — gesiegelte — Fotografie der beschriebenen Waffe aufgepreßt, damit bei Sprachschwierigkeiten dennoch eine Identifizierung durch grenzpolizeiliche Inaugenscheinnahme möglich war. Aber dazu kam es fast niemals, weil Joop auch noch Zertifikate besaß, die ihn in den Sprachen der östlichen Länder, in denen er zu jagen pflegte, als einen im ausstellenden Land jederzeit *bis auf Widerruf* willkommenen Staatsgast ausweisen, als einen Mann, dessen Waffen und Gepäck ohne jede vermeidbare Belästigung für ihn — oder im Fall seiner Vorausreise für den extra ausgewiesenen Überbringer — abzufertigen seien. Eines dieser Zertifikate war von der Kanzlei des mit Joop gut bekannten Staatschefs ausgestellt und von diesem persönlich signiert worden — ein Akt von internationaler Waidgenossenschaft, wie der ein wenig Deutsch sprechende bedeutende Mann nach der Unterzeichnung dieses, einem Diplomatenpaß fast gleichkommenden Staatspapiers zu Joop jovial gesagt hatte, unter leicht maliziöser Betonung des Wortteils *Genossen*. Wozu Joop gute Miene gemacht hatte, wie er sich erinnerte.

Lieber aber erinnerte er sich der Wirkung, die dieses Papier an der dazugehörigen Grenze entfaltete. Und auch diesmal, wo er seinem Jagdgepäck wieder vorausgereist war, hatte er eine lebhafte und ihn amüsierende Vorstellung davon, wie es, auch ohne ihn, bei der Kontrolle zugehen würde: Der zum Chauffeur an das offene Wagenfenster tretende Grenzbeamte bekommt die Waffenpässe und das Große Staatspapier ausgehändigt und studiert alles mit wachsendem Ernst und Staunen. Alsbald wird sein Blick starr — er fiel auf die im ganzen Land bekannte Unterschrift des Mannes, dessen Bildnis über dem Schreibtisch in der Wachstube hängt. Keine Frage nun noch nach Waffen oder Gepäck, nur ein hackenklappendes Salutieren, das natürlich nicht dem Chauffeur gilt, wie es auch Joop nicht gegolten hatte, als der zwei- oder dreimal dabei gewesen war. *Der Beamte grüßt die Unterschrift*, von der er, solange er die Hand am Mützenschirm hat, kein Auge läßt.

So würde es auch diesmal wieder sein, dachte Joop, als seine Gedanken, nachts im Bett, nach Abschluß der Dienstgespräche um den nun bevorstehenden mehr privaten Teil der Reise zu kreisen begannen. Er rechnete diese Dokumentenschau unter die kleinen Freuden seines arbeitsreichen Lebens. Zu Kollegen und Freunden, die gleich ihm in diesen Ländern ein Wild jagten, das in der hier anzutreffenden Häufigkeit und in der Stärke seiner Trophäen daheim so gut wie gar nicht mehr zu haben war, weil seine Lebensräume leider schrumpften und deren Qualität durch allerlei Zivilisationsfolgen auch noch unerfreulich beeinträchtigt war — nein, den Jagdfreunden hatte er von seinem verbrieften Dauerstatus als Staatsgast nie auch nur das geringste gesagt, es wäre nach seiner Auffassung von dieser Sache einem Bruch des Bankgeheimnisses gleichgekommen — worunter sie letzten Endes ja auch fällt, dachte er. Aber beim Nachschmecken dieses Gedankens fand er ihn eine Spur zynisch und darum zum Einschlafen schlecht geeignet. Es war nämlich auch eine von Joops Maximen, in seinen letzten Gedanken abends und in den ersten am Morgen absolut aufrichtig zu sein: eine Art rudimentären Betens, sehr männlich, wie er fand; es brachte ihm sein von den Tagesgeschäften oft mitgenommenes Gewissen zurück. Aber etwas Höherwertiges als das Bankgeheimnis wollte ihm heute nicht mehr einfallen, und so schlief er diesmal mit einer läßlichen Sünde ein.

Wenn in einem alten Wald zum ersten Mal im Jahr der Bär wieder geht und ein umlaufender Wind die Neuigkeit zu allen Tieren trägt, ändert sich die Luft. Sie wird schwer von den Ausdünstungen der Angst, die alle erfaßt, denen der Bär der große Freßfeind ist, und das ist er allen, die nun harnen und koten und die Druckwellen ihres pochenden Blutes aussenden: schwache die Mäuse und Hasen, starke die Rehe, Hirsche und Sauen. Druckwellen auch von ihren Köpfen, die sie erschrocken aufwerfen, von den Nasen, die flügelbebend den Bär zu orten versuchen, von den Ohren, die sich lauschend im Kreis drehen wie Richtantennen, von den Schwänzen und Wedeln, die die Luft wie Quirle rühren, und von den Pfoten und Klauen, die sich unter der Anspannung vibrierender Muskeln sprungbereit in die Erde pressen und die allgemeine Unruhe zu den Käfern und Spinnen, Schlangen, Fröschen und Eidechsen leiten und auch sie einhalten und mit den Fühlern wittern, mit den Kehlen beben und mit den langen beweglichen Zungen die Luft prüfen lassen.

Eine andersgeartete Unruhe erfaßt die Bäume. Es ist die Jahreszeit, in der der Saft in ihnen steigt, himmelhoch in haardünnen Säulen, ein Wasser, das mit ungezählten Verzweigungen und Verästelungen innen im Holz die äußere Gestalt eines jeden Baumes nachzeichnet, wie die Blutbahnen des Menschen den Menschen. Durchmischt der Wind die Kronen, sieht es so aus, als steckten die Bäume die Köpfe zusammen, und hört es sich an, als redeten sie miteinander, nadelspitz die Tannen und Fichten, tuschelnd mit frischer Blattmasse die Ahorne und Buchen. Im Mai kann man alles glauben. Und es war Mai.

Der Schnee blieb nicht mehr liegen, mit dem der Bär in der Nacht heraufkam. Und da steht er nun inmitten der großen Unruhe der Natur und dreht wieder Steine um nach kleinem Getier, denn das große, das er in einem weitgezogenen Angstkreis um sich herum weiß, ist zu behende für ihn, laufschwach vor Hunger und Müdigkeit, wie er ist. Bald werden die Funde unter den Steinen unergiebig, da muß man den Ort wechseln, weiß er. Er fällt vom Schritt in den Trab und aus dem Trab in einen Schaukelgalopp, von dem er nicht wirklich weiß, wohin er ihn führen wird.

Er führt ihn an eine große Lichtung. Ein schwerer Wintersturm hat sie in den geschlossenen Wald gerissen, und die niedergeworfenen Stämme liegen mit Kronen und Ästen aneinandergefesselt am Boden, übereinander und quer zueinander, wie es gerade über sie kam. Drüben, am jenseitigen Rand, hat man angefangen, das Chaos aufzuräumen. Holz liegt geschnitten und gespalten ungeordnet herum. Dichtbei ist ein Kohlenmeiler im Entstehen. Der Quandel, in dem das Feuer das um ihn herumgeschichtete Holz verkohlen wird, steht schon, ist aber kalt, denn das frische Holz muß erst abtrocknen, bevor es unter dem Grasmantel des Meilers glosend zu Kohle werden kann. Am Quandel, der ein hohes Gerüst ist, lehnt eine Leiter, aber der Köhler steht nicht darauf. Nicht, daß der Bär einen Köhler sucht, er weiß nichts von diesem und nichts von einem anderen Köhler. Er weiß überhaupt nicht, was er da vor sich sieht und sah dergleichen auch noch nie. Als er sich auf die Hinterbeine stellt und die Vordertatzen auf einen in Brusthöhe querliegenden Stamm stützt, der auf einem anderen gestürzten Stamm liegt, und der auf noch einem, und er nun hoch aufgereckt, aber vom Holz gedeckt, die Lichtung überblickt, sieht er den Köhler. Aber wieder weiß er nicht, was er da sieht, und sah auch dergleichen noch nie. Er sieht, schlecht, wie er sieht, ein sich auf allen vieren langsam vorwärts bewegendes schwarzes Stück Wild, das immer wieder kurz verhält, so als äse es im Weidegang. Es ist der Köhler, der für seinen Meiler lange Holzscheite in einen hohen Tragkorb sammelt und diesen von Zeit zu Zeit nachzieht. Dabei richtet er sich nicht sehr auf und bleibt immer auf den Knien. Der Wind streicht vom Bär weg, so daß er nichts von diesem seltsamen Wild riechen kann, Horn nicht, Haut nicht, keinen Kot und keinen Harn. In der Luft ist nur der alles überdeckende Geruch von massenhaft offenwundigem Holz.

Der Köhler sieht den Bär nicht kommen. Er kommt um die Lichtung herum, von den liegenden Stämmen gedeckt. Vorsichtig setzt er die Tatzen auf, damit kein Astknacken ihn verrät. Als er quer zum Wind ist, stutzt er, kann aber das Wild auch jetzt noch nicht mit den Sinnen deuten, weder mit der Nase noch mit den Augen. Schwarz, den Kopf tiefgenommen, weidet es weiter am Boden hin. Mit dem Korb und den Holzscheiten fängt der Bär nichts an, und auch einen Menschen erkennt er nur am Geruch und am aufrechten Gang. Keines von beiden nimmt er wahr. Und könnte er es, er wollte es wohl nicht mehr wissen. Nur drei Sprünge sind es noch zu dieser Beute, und wäre in ihm noch Vorsicht gewesen, Mißtrauen — nichts davon hätte ihn mehr aufgehalten, denn er hungert nun schon seit vielen Tagen. Er läuft los.

Der Tatzenhieb gegen die Schulter wirft den Köhler um. Der Hieb war so stark, daß der kleine, schmächtige Mann von der Seite über den Rücken gleich weiterrollt, bis er auf den Bauch zu liegen kommt. Im Drehen sieht er über sich den Bär, und der Bär sieht den Menschen. Er erkennt ihn vor allem an der im Liegen nun ausgestreckten Gestalt. Der Köhler lebt schon eine Ewigkeit in diesem großen Bärenwald, und weil er darin meist alleine ist und keiner wissen kann, was einem Bär einfallen mag, wenn er einen Menschen sieht und hungrig ist, hat man ihm gesagt, daß nur ein Totstellen ihn vor dem

Gefressenwerden schützen kann. Also stellt der Köhler sich tot.

Es hätte ihm wohl doch nichts geholfen, denn zu gierig ist dieser Bär auf Fleisch. Es rettet den Köhler, daß seine Haut und seine Kleider schwarz gebeizt sind vom Rauch der vielen Meiler, die er in seinem Leben zu Holzkohle machte. Der Rauch sitzt ihm in den Poren seiner Haut und in den Fasern seiner Kleider, und da bleibt er, mag ein Köhler sich so oft waschen und seine Kleider lüften, wie er will. Und dieser beißende Rauchgeruch gleicht dem Gestank von Teer. Es ist so lange noch nicht her, daß der Bär in Straßenteer sprang; in Spuren trägt er ihn noch immer an den Fußsohlen. Vor Abscheu schnaubend zieht er sich, rückwärts gehend, vom Köhler zurück. Der ist weise und tapfer genug, sich dennoch nicht zu rühren. Nach einer Weile lugt er unter einem Arm hindurch und sieht den Bär, keine fünfzig Schritt entfernt, vor dem Waldrand stehen. Sie belauern sich lange, denn es geht für beide um viel. Jeder will vom andern nicht weniger als das Leben, der Köhler seines vom Bär, der Bär das des Köhlers.

Der Köhler ist ein in Geduld geübter Mann. Eine Angst, die zur Panik neigt, hat er, wenn er sie je gehabt hat, längst unter den Bäumen des großen Bärenwaldes verloren. Und der Bär hat Geduld, weil er auf ein Zeichen wartet, das ihm die wahre Natur der dort drüben liegenden Beute offenbart, ob sie tot ist oder lebendig, ein Aas oder keines, und was es auf sich hat mit diesem schrecklichen Geruch nach Straße und nach dem Geschmier unter seinen Füßen. Geduldig ist der Bär auch, weil ein Weglaufen von hier nur ein Wiederhinlaufen zu den Steinen sein kann und einer Freßbeute darunter, für die er noch kein einziges Mal die Zähne brauchte. Der Köhler überlegt, ob er über die Leiter auf das vier Meter hohe Gerüst des Feuerschachtes in seinem werdenden Meiler flüchten soll. Er verwirft den Gedanken, denn der Bär ist auf eine so kurze Distanz zu schnell für ein Gelingen der Flucht. Auch kann ein Bär das Gerüst leicht erklettern. Was der Bär sich überlegt, kann man nicht wissen.

Es kommt auch nicht mehr darauf an. Im Wald, vor dessen Rand der Köhler noch immer wie tot daliegt, werden Menschenstimmen laut, die rasch näher kommen. Sie gehören drei Waldarbeitern. Mit den ihnen von der Hand hängenden Motorsägen sind sie zum Windwurf unterwegs, um ihn weiter zu räumen und dem Köhler Holz zu schneiden für seinen Meiler. Der Bär tritt rückwärts in die Deckung des lichtstehenden Waldrandes und wartet ab. So rasch gibt er eine große Beute nicht verloren, die an Verlockung für ihn in dem Maße wieder zunimmt, wie ihre schreckliche Ausdünstung durch seinen Rückzug schwindet. Die Waldarbeiter erreichen den Köhler. Der steht auf, hält sich eine von Kratzwunden brennende Schulter und erzählt ihnen in fliegender Eile alles. Die drei werfen ihre Motorsägen an und gehen mit ihnen wie mit doppelhändig vorausgehaltenen heulenden Schwertern entschlossen auf den Waldrand zu, den der Köhler ihnen als den Ort wies, an dem er den Bär zum letzten Mal sah. Als sie dort ankommen, ist der Bär fort. Sie tauschen ihr Bedauern darüber aus, sind aber in Wahrheit froh und lassen ihre Sägen auf dem Rückweg zum Köhler, wo der Bär doch ganz gewiß nicht ist, noch eine Weile laufen.

Zwei Tage danach las Duschan alles in der Zeitung, die aus der großen Stadt kam. Er wußte nun wenigstens wieder, wo der fremde Bär war, oder doch, wo man anfangen mußte, ihn zu suchen und aus dem Wald hinauszudrücken, in die offene Ebene hinunter, an eine Fütterung, wo man ihn nach den Vorschriften zum allgemeinen Wohl erlegen konnte. Duschan hoffte, daß sie nicht die Miliz zur Bärenhatz ausrücken lassen würden.

Zur Zeit dieses Ereignisses war Joop noch im Land. Man hatte ihm ein Schreiben der hauptstädtischen Staatskanzlei überbracht, des Inhalts, das Staatsoberhaupt freue sich, ihm die Audienz zu gewähren, um die New York für ihn nachgesucht habe; das Protokoll habe ein Arbeitsessen in jagdlicher Umgebung vorgesehen. Als Joop seine Begleitung nach dem im Brief genannten Ort des Zusammentreffens fragte, erfuhr er, daß es sich um einen abgelegenen Jagdhof in einem großen Auwald handle, nicht allzu weit entfernt. Man wisse auch, daß das Staatsoberhaupt dort zur Zeit auf einen Rehbock pirsche, mit dem es eine besondere Bewandtnis habe. Alle Funktionäre, die dabeistanden, hatten nun ein breites Lächeln im Gesicht, um nicht zu sagen: ein Grinsen, das Joop vermuten ließ, es einte sie alle ein pikantes Geheimnis, das sie ihm nur allzu gern verraten hätten. Also machte er, mehr aus Höflichkeit als aus Interesse, ein fragendes Gesicht und erfuhr, daß von einem Bock die Rede war, dessen dekorative, dabei mächtige Gehörnentwicklung selbst für hiesige Verhältnisse ungewöhnlich sei, also rekordverdächtig. Der Diktator (wie ihn keiner nannte) verfolge dessen Trophäenwachstum schon seit mehreren Jahren anhand von fotografischen Teleaufnahmen, die eigens für ihn von seinen Jagdbeauftragten gemacht würden. Joop dachte: *eine Trophäenschau am lebenden Wild!* Die Idee entzückte ihn. Er hatte nicht viel übrig für die heimatliche Spielart einer solchen Trophäenbegutachtung, bei der man die im Verlauf eines Jagdjahres in einer bestimmten Region erbeuteten Hirschgeweihe und Rehgehörne an eine Wirtshauswand hängt und mit Zigarren- und Redequalm beweihräuchert, während ein Lautsprecher gewöhnlich Melodien aus dem *Freischütz* plärrt. Joop haßte Opern, und diese Art von Trophäenschauen rechnete er darunter.

Weil von den Gesichtern seiner Begleitung die Heiterkeit nicht weichen wollte, vermutete Joop, daß dieser kapitale Rehbock noch einen lustigen Schwanz haben mußte. Und richtig: Mit großem Freimut (den man von Joop als einen Beweis für die im Land herrschende Toleranz gewertet wissen wollte) erzählte man ihm, daß diese Sache mit den Fotografien bereits als vielbelachter Witz in der Jagdszene kursiere. Es trage der große Mann die Bilder von diesem Bock als die Vorzeigeobjekte seiner Leidenschaft stets mit sich in der Brieftasche herum, in welcher wieder Platz sei, seit er die Fotos von seiner mit den Jahren stattlich gewordenen Frau (dies war nicht das benutzte Wort) als zu auftragend aus ihr entfernt habe. Joop quälte sich ein Lächeln ab und dachte wieder milder über die heimatlichen Trophäenschauen. Er ging, um seine Zusage an die Staatskanzlei auf den Botenweg zu bringen. Es erfüllte ihn ein gemessener Stolz, wie er, hätte er den Gefühlsgehalt des Augenblicks analysieren müssen, gesagt haben würde — *gemessen*, was den Pflichtanteil der Audienz betraf, auch seine selbst im Überschwang der Gefühle stets wachsam bleibende Vorsicht des Bankiers, und *Stolz*, nun ja: man traf sich nicht zum ersten Mal, man war Freund, beinahe, in jedem Fall aber Jäger.

Die Audienz würde, vermutlich wegen der Bockjagd, erst in vier Tagen sein. Joop gab seinem Büro Nachricht und beschloß, die Zeit bis dahin zu einem privaten Jagdausflug zu nutzen; Wagen und Waffen waren inzwischen eingetroffen. (Der Chauffeur hatte Joops heitere Vision vom Hergang der Grenzkontrolle voll und ganz bestätigt.) Er entschied sich für den Besuch eines halbwegs nahen Rotwildreviers, das seiner starken Hirsche wegen europaweit berühmt war. Zwar war jetzt nicht die Jahreszeit für einen Abschuß, die neuen Geweihe steckten noch wachsend im Bast. Aber er wollte dies Revier wiedersehen, und gute Rehböcke gab es dort ja auch; auf sie war die Jagd offen.

Joop hatte noch einen anderen Grund für die Wahl dieses Reviers. Unweit davon lag ein vormaliger Herrensitz, den er zu gut kannte, intim geradezu, als daß er die mit ihm verbundenen persönlichen Erinnerungen hätte verdrängen können, nun, wo er ihm so nahe war wie noch nie zuvor während seiner neueren Aufenthalte in diesem Land. Es war der Ort einer

Liebe, die wohl erledigt war, der Joop sich aber niemals ganz entledigt hatte. Wie so oft in seinem Leben, verdeckte eine von ihm äußerlich herbeigeführte Ordnung einen unaufgeräumt gebliebenen inneren Rest.

Von diesem alten Herrensitz, der zumindest als Wort schon lange nicht mehr in die Landschaft paßte, zumal in die politische nicht, stammte die Familie seiner zweiten, seit Jahren von ihm geschiedenen Frau, der einzigen, die gezählt hatte unter seinen beiden zur rechten und ein paar anderen zur linken Hand. Nicht nur hatten sie ihre Flitterwochen hier verlebt, es waren über die Jahre, während denen die Ehe dauerte, etliche Jagdferien gefolgt, viele Wochen einer Leidenschaft, die, wie Joop heute zu wissen meinte, weniger dem jeweils anderen gegolten hatte, als der gemeinsam ausgeübten Jagd auf das dort in großer Artenvielfalt und Zahl vorkommende Wild. Es war eine Passion gewesen, die sie nicht nur zusammengeführt, die ihre Beziehung auch durch niemals zu einem Ende kommende Gespräche über Waidwerk und Wild stabilisiert hatte. Bis sich dann herausstellte, daß gemeinsames Töten zu wenig war für ein gemeinsames Leben.

Mari war die Letztgeborene einer alten österreichisch-ungarischen Adelsfamilie, und auch die Letztverbliebene, denn außer ihr lebte von den Czerkys niemand mehr; zwei Kriege hatten, wie sie scheinbar leichthin zu sagen pflegte, wenn die Rede darauf kam, das gesamte lebende und tote Inventar der Familie aufgezehrt, bis auf sie, ein kleines Stadthaus in Wien und diesen Herrensitz. Gelebt hatte sie bis zu ihrer Verheiratung von ihrer Arbeit als Leiterin des Fremdsprachenbüros einer Wiener UN-Behörde. Das Stadthaus kannte Joop nur von wenigen Besuchen her, den Herrensitz um so besser. Er erinnerte sich genau: Einem zweigeschossigen, frontseitig leicht gerundeten Turm waren zwei lange, nur eingeschossige Flügel angebaut, die beide ein wenig vorfluchteten, so daß der Gesamtbau — Mari jedenfalls hatte ihn so gesehen — einem flügelschlagenden, steil auffliegenden Fasanenhahn glich. Diese Vorstellung wurde in ihr noch verstärkt durch ein rotes Turmdach mit zwei augengleich kleinen Rundfenstern in den Seiten sowie durch die mit rot- und grünlasierten Ziegeln eingedeckten beiden Flügel. Im Turminneren führte eine breite, weißsteinerne Treppe von barockem Gepräge aus der Eingangshalle hinauf zu einer kleinen Wohnung aus drei nicht sehr großen, ineinandergehenden Zimmern mit hübscher Aussicht auf die hinter dem Haus sich hinziehenden Donauauen und die den Strom begleitenden Wälder.

Nach der Enteignung durch das kommunistische Regime hatte man Maris steinernem Fasanenhahn die Flügel amputiert, dergestalt, daß man sie durch ein Zumauern der beiden turmseitigen Zugänge vom Rumpf trennte. Die Innenwände in den Flügeln wurden weitgehend herausgerissen und durch gußeiserne, kanellierte Säulen ersetzt, wie man sie, wenn auch schmächtiger, von alten Straßenlaternen her kennt. Auf diese Weise bekamen die Flügel, die einst dem Wirtschaften und Wohnen gedient hatten, innen das trostlose Aussehen von hallengroßen Wagenremisen — was beabsichtigt gewesen war: Von nah und fern hatte man herrenlos gewordene und zu Volkseigentum erklärte Jagdwagen herbeigeholt, zwei- und vierrädrige, ein- und mehrspännige, elegante und auch bloß im ländlichen Jagdbetrieb nützlich gewesene. Nach ihrer Auffrischung waren sie in den einen Flügel gekommen, während allerlei Kutschenzubehör, Pferdegeschirre und Lakaienkostüme den anderen füllten.

Die Motive für diese Wagenschau waren Joop nie so recht klar gewesen; er mutmaßte, damals wie heute, daß es der neuen Herrschaft einerseits darum gegangen war, das Museale der alten, vertriebenen vorzuführen, der man endgültig das Volk als deren Zugpferde ausgespannt hatte; andererseits darum, eine von der Landschaft geprägte und von ihr auch weiterhin in Gestalt von Wildtieren bereitgehaltene Jagd zu bewahren. Das Jagen sollte der neuen Oberschicht ja auch bald genug nicht weniger Vergnügen bringen als der alten — und heute, dachte Joop, harte Devisen dazu, wodurch die Ausbeutung der einen Lebensschicht durch die andere sich wieder einmal bloß verlagert hatte, und zwar nochmals um eine Schicht nach unten: zum Wild. Immer schon, so sinnierte Joop im Fond seines Wagens auf der Fahrt in seine Vergangenheit, immer schon war die Jagd die große Gleichmacherin leidenschaftlicher Seelen gewesen, mächtiger in der Wirkung auf sie als alle bald vergessenen Postulate der Revolutionen; weshalb in sozialen Umstürzen noch stets mehr Tiere der Jagd als Menschen durch die neuen Jäger ums Leben gebracht wurden.

Mit Hilfe westlicher Diplomaten, zu denen Mari in Wien berufliche und gesellschaftliche Kontakte unterhielt, auch unter Einschaltung Joops, den sie auf einer mit Fürsten, Grafen und Holzbaronen bunt illustrierten Gamsjagd unterm Hochschwab in der Steiermark kennengelernt hatte und der damals schon einen erheblichen kreditpolitischen Einfluß auf die Ostgeschäfte seiner Bank hatte, war es ihr gelungen, den Wohnturm ihres einstigen Familiensitzes zur privaten Nutzung, wenn auch nicht zu eigen zurückzuerhalten. Man hatte entdeckt, besonders in Belgrad, daß nicht alles Licht war, was aus dem moskowitischen Osten kam (wie freilich auch nicht alles Gold, was im Westen glänzte). Die Ideologien bekamen Wechselkurse.

Das Volk der näheren und weiteren Umgebung des einstigen Herrensitzes verlor bald das Interesse an der Ausstellung von Herrschaftssymbolen einer vergangenen Zeit. Statt in Kutschwagen fuhren die neuen Herren nun in Autos zur Jagd. Das war der einzige Unterschied, den das Museum dem Volk vermittelte, und darum war es hier bald wieder so still geworden wie einst. Den Turm hatte man im Innern ganz unverändert gelassen, auch das Mobiliar. Pläne, hier eine Museumsverwaltung einzuquartieren, waren längst aufgegeben, als Joop und Mari das erste Mal einzogen.

Die Autofahrt zu dem berühmten Hirschrevier näherte sich ihrem Ende, und Joop dachte, daß es nun nicht mehr sehr weit sein konnte bis zu Maris steinernem Fasan. Als er die Abzweigung dann kommen sah, geriet er in einen Zustand, der einer leichten Panik gleichkam. Was sollte er hier? Mari mit dem Geist suchen? versuchte er über sich zu spotten. Sie hatte längst wieder geheiratet, einen amerikanischen Diplomaten, mit dem sie in Kalifornien lebte. (Es hatte damals seinem leicht verletzbaren Ego gutgetan zu glauben, sie habe diese neue Ehe nur geschlossen, um Amerikanerin zu werden, europamüde, wie sie seit langem war, weil im Gefühl ihrer Heimatlosigkeit noch bestärkt durch den sie demütigenden Status eines Feriengastes im Elternhaus. Und schießmüde obendrein.) Was also, noch einmal und immer wieder, während der Wagen auf die Abzweigung zufuhr, sollte er hier noch? Es mußte etwas anderes sein, das ihn zu diesem Haus zog.

Die Widersprüche in ihm hielten so lange an, bis der Chauffeur ein gutes Stück über die Abzweigung hinausgefahren war. Da erst raffte Joop sich zu einer

Entscheidung auf, müde, lustlos und plötzlich alt jenseits seiner zählbaren Jahre. Er bat den Fahrer, umzudrehen und in die Nebenstraße einzubiegen, die er schon während der Vorbeifahrt an einer Baumgruppierung wiedererkannt hatte. Wie unwesentlich doch Bäume altern, dachte er moros.

Eine Kommission aus hohen Forst- und Jagdfunktionären fand auf der Windwurflichtung drei Tage nach dem Zwischenfall mit dem Köhler frischen, noch breiigen Bärenkot von heller Farbe sowie an zwei Bäumen Rißwunden, wie sie nach Höhe und Schwere nur ein Bär verursacht haben konnte. Köhler und Waldarbeiter weigerten sich, unter der Nase des Bären, wie sie sagten, ihre Arbeit fortzusetzen. Die Kommission erwog, die Miliz den Bär erledigen zu lassen. In diesem kritischen Augenblick behördlicher Entscheidungsfindung machte Duschan, der als örtlich zuständiger Bärenhüter anwesend war, einen Vorschlag. Er sagte etwa dies:

Es möchten die Genossen doch auch an das Geld des Volkes denken, das in diesem Bär ebenso stecke wie sein Hunger, der zwar an allem schuld sei, mit dem sich aber auch etwas Gutes anfangen ließe. Würde aber die Miliz den Bär einfach totschießen, dann sei er zwar weg, aber weg sei auch das viele Geld, das diese Deutschen für einen Bärenabschuß leicht hinblätterten. Sicher, er wisse auch, was die Genossen jetzt dächten: die Vorschriften! Die Vorschriften besagten, daß ein zahlender Jagdgast nur aus einer festen Kanzel auf einen Bär schießen dürfe. Und hier, auf der Lichtung, sei eben keine Kanzel, richtig. Aber es stehe nichts davon in den Vorschriften, daß man hier keine bauen dürfe. Kommt der Bär nicht zur Kanzel, dann kommt die Kanzel eben zum Bär, sagte er schlau und lachte sich Mut an fürs Weiterreden. Holz zum Bau liege ja genug herum, und aufgeräumt werden müsse die Lichtung sowieso — im Interesse einer geordneten Forstwirtschaft, setzte er, nun oberschlau, für die Ohren der anwesenden Forstfunktionäre hinzu, denn Duschan kannte seine Pappelheimer. Mit diesem komischen Wort, bei dem sich alles Schlechte und darum Gerechte denken ließ über diese Forstmenschen, die nichts anderes im Kopf hatten als Holz und Geld und Ordnung, nie aber das Wohl des Wildes; die um jeden Baum jammerten, an dem ein Bär sich die Krallen wetzte, um jeden Jungwuchs barmten, an dem ein Reh knabberte, und jeden krummen Fichtenstecken beklagten, an dem ein Bock sich das Gehörn blankfegte — mit diesem Wort *Pappelheimer* hatte Joop Duschan gegenüber einmal die Staatsförster wegen ihrer ewigen Pappelpflanzerei bezeichnet. Pappeln wachsen schnell, Pappeln bringen Geld, und Pappeln stehen in Reih und Glied.

Aber Denken und Sagen sind zweierlei, dachte Duschan und sagte, aufräumen also tue not, ganz klar, damit das schöne Holz nicht verkomme! Und dabei ließen sich gleich zwei Fliegen mit einer Axt schlagen, sozusagen, indem man nämlich eine

Schneise freilege, die zum Schießen so gut tauge wie später zur Holzabfuhr, eine Schneise, über die der Bär zwar hereinspazieren könne, zum Luder, aber nicht wieder hinaus, denn vom Schießen, davon verstünden diese Deutschen womöglich noch mehr als vom Geldmachen. Nur rasch müsse einer von denen her. Das Jagdtouristikbüro in der Provinzhauptstadt führe lange Wartelisten mit Leuten drauf von der Sorte, die zu Hause alles stehen und liegen läßt, wenn ein Bär winkt.

Jetzt zu diesem. Daß er noch in der Gegend sei, das wisse man. Um ihn auch zum Hierbleiben zu bewegen, werde er, Duschan, ihn kirre machen mit zunächst nur kleinen Fleischportionen, damit der Hunger ihn auf den Beinen halte. Weitab von der Lichtung, während die Bauarbeiten andauerten, aber auch nicht allzu weit davon, und langsam immer näher bei ihr müßten die Köder hängen, an Bäumen, damit der Fuchs sie nicht holt. So werde der Bär an die Lichtung gewöhnt und sie in seinem Kopf mit regelmäßigem Fressen verbinden. Vier, fünf Tage werde das so gehen, vielleicht auch sechs — lange genug, um einen Jagdgast herbeizuschaffen. Er würde einen kennen, falls wider Erwarten Not an einem solchen Manne herrschen sollte, einen deutschen Bankier, den er schon mal auf einen Bock geführt habe, und da sei er an einem Bärenabschuß interessiert gewesen. An dieser Stelle seines Vortrags blickte Duschan, von unten herauf, also scheel, in die Runde. Aber keiner der Genossen sagte etwas, und wenn ihre Gesichter etwas sagten, dann nur dies: Schau an, der Duschan, er hat Ideen!

Duschan kam zum Schluß: Sei alles gerichtet und der Jagdgast angereist, dann werde er in den noch dunklen Morgenstunden des Jagdtages dem Bär in Schußweite der Kanzel einen ganzen Gaul servieren und danach mit dem Gast nach Vorschrift ansitzen. Beim ersten Büchsenlicht dann: *Peng!* und der feine Herr habe sein Fell und der Staat sein Geld! Was die Genossen dazu meinten?

Bevor diese antworten konnten, sagte Duschan schnell noch dies: Es müßte in der Nacht der Nächte einer von ihnen freilich mit heraufkommen, bewaffnet natürlich, um nach einer Viertelstunde oder so, wenn er, Duschan, mit dem Gast schon fest in der Kanzel sitzen würde, wieder wegzugehen. Warum das? Der Bär sei zwar nicht dumm, aber zählen könne er nicht bis drei. Bis zu jener Nacht werde er immer nur einen Menschen kommen und gehen sehen haben, nämlich ihn, Duschan, mit dem Fleisch. Gehe darum auch in dieser Nacht ein Mensch wieder weg, dann werde der Bär die beiden anderen vor lauter Gier, ans Fressen zu kommen, vergessen haben und sich allein beim Luder glauben.

Sie berieten abseits von Duschan, dem Köhler und den Waldarbeitern, halblaut miteinander redend. Duschan war sich ihrer Zustimmung zu seinem Plan so sicher, daß er den Arbeitern schon jetzt eine Bauskizze zusteckte, die er aus der Zeit der Errichtung anderer Kanzeln noch besaß; diese *Bärenschießbuden*, wie einheimische Jäger sie mit einem Rummelplatzwort verächtlich nannten, waren genormt. Er bezeichnete ihnen noch den Ort, an dem er die Kanzel haben wollte, sowie Länge, Breite und Verlauf der Schneise. Dann kam die Kommission auch schon zurück. Es solle alles so gemacht werden, wie Duschan es vorgeschlagen habe. Wegen eines Jagdgastes werde man sich sofort an das Touristikbüro wenden, auch alles andere wie die Lieferung von Abfallfleisch und die Freistellung der Genossen Waldarbeiter für Kanzel- und Schneisenbau einleiten. Duschan salutierte. Und der dritte Mann, bitte sehr, der zur Täuschung des Bären gebraucht werde? Der Obmann der Kommission schaute in die Genossenrunde, durch die von links nach rechts ein stumm zu Boden gerichtetes Kopfschütteln lief. Man werde ihm den Bärenhüter des Nachbarreviers schicken.

Zum Schluß an Duschan die Frage, ob er aus Erfahrung und aus Kenntnis dieses Bären, den außer ihm und dem Köhler noch niemand leibhaftig gesehen habe, eine Schätzung abgeben möchte, wie hoch die Jagdtaxe sein dürfe, die Summe gehöre zum Angebot. Duschan hielt sich nicht mit der Landeswährung auf; diese Zahl, dachte er, wäre ja schrecklicher noch als der Bär. So sagte er ohne Zögern: Fünfzigtausend Deutschmark, denn natürlich hatte er in der Hoffnung aller Jagdführer auf ein dem Schußpreis angemessenes Trinkgeld längst darüber nachgedacht. Alle mit Ausnahme des Köhlers konnten sich darunter etwas vorstellen, mehr oder weniger, denn diese Westwährung war in den jagdlichen Angebotslisten Standard. Falls die Genossen nun, was natürlich gewesen wäre, eine solche Summe Geldes in Gedanken zu ihrem Sold in Beziehung setzten, so ließen sie sich davon doch nichts anmerken. Sie gingen alle von der Lichtung, eiligen Schrittes, denn es dunkelte schon, die Dienstautos waren weit und der Weg führte durch Bärenwald. Duschan bildete die Nachhut, weil er als einziger ein Gewehr besaß. Er dachte immer noch darüber nach, wie es sich anstellen ließe, dem deutschen Herrn, dem er schon zweimal wegen dieses Bären geschrieben hatte, die neue Dringlichkeit seines Kommens zu übermitteln.

Der Bär war wirklich im Umkreis des Windwurfes geblieben. Er hatte in einem sehr lichten und feuchten Waldstück ein großes Feld Bärenklau gefunden, dessen Blattgeilheit aus Wurzelrüben sproß. Das war vor drei Tagen gewesen. Inzwischen glich das Feld einem nachlässig umgegrabenen Stück Land, so gründlich hatte der Bär die Wurzeln aus der Walderde gewühlt und sie dann nach und nach alle gefressen. Davon waren die helle Farbe und die breiige Konsistenz seines Kotes gekommen, den er auf einem seiner heimlichen, von Neugier getriebenen

Streifzüge zur Windwurflichtung dort abgesetzt hatte. Sie war so deckungsreich, daß er sich auf ihr selbst am Tage sicher fühlte. Sein Schlafquartier indessen befand sich unter einer entwurzelten Fichte, die dem Blick der Staatsförster entgangen war, weil sie weitab von der Lichtung und jeder Forststraße lag. Der Bär hatte sich gleich hinter dem aus der Erde gerissenen und nun aufrecht stehenden Wurzelteller ein Loch gegraben, in das er, unter Einbeziehung des Baumfußes über sich, gut hineinpaßte. Das mit Erde verklumpte Geflecht aus dicken und dünnen Wurzeln gab ihm Deckung und erlaubte ihm überdies, nach allen Seiten auf seine Umgebung eine Nase zu haben.

Die Kommission hatte er verschlafen. Freundlicher gesagt, die Lichtung war zu weit entfernt von seinem Quartier, als daß er sie von dort hätte mit den Sinnen kontrollieren können. Aber am vierten Morgen nach seiner Attacke auf den Köhler kam ihm mit dem bergwärts auf ihn zustreichenden Wind eine Witterung in die Nase, die er nur zu gut kannte, war sie doch der Anfang seines Debakels gewesen. Es war die gleiche Mischung aus den Gerüchen von Pferd, Mensch, totem Fleisch und Rauch.

Die Nase des Bären täuschte ihn nicht: Duschan war in Ausführung seines gestrigen Planes unterwegs von der Ebene zur Lichtung hinauf. Er führte wieder ein Pferd, dem diesmal zwei große Körbe angehängt waren, weil ein Karren sich in dem weglosen Gelände verbot. In den Körben lagen insgesamt vier mäßig große Stücke eines neuen Eselfleisches, das man Duschan noch halb in der Nacht an seine Hütte geliefert hatte. Er rauchte im Gehen eine Zigarette. Der Weg, den er nahm, würde ihn zwar auf die Höhe der Lichtung führen, aber weit westlich von ihr enden, in einer Waldgegend, zu der ihm am Tag nach dem Zwischenfall mit dem Köhler, als er den Tatort inspizierte, wie es seine Pflicht war, von ein paar schwachen Tatzenabdrücken die Richtung gewiesen worden war. Die Spuren hatten sich alsbald im Moos verloren, das die Eindrücke nicht zu bewahren vermochte. So kam es, daß er dem Bär, dem er sich jetzt unwissentlich näherte, wenn auch nicht geraden Wegs auf ihn zu, in die Nase geriet.

Der Bär rührte sich nicht aus seinem Versteck, auch dann nicht, als er schon den Hufschlag des Pferdes hören konnte. Er hatte unter der Einwirkung dieser Geruchsmischung auf sein Gehirn seine Lektion über den Umgang mit Menschen gelernt. Da Duschan das Pferd mit dem Wind führte, nahm es den Bär nicht wahr, und so ging der Transport dieses Mal ohne Schnauben oder gar Steigen vonstatten. Duschan stellte in einer Entfernung zum Bär, die zu weit war für dessen schwache Augen, aber nahe genug für seine Nase, das Pferd quer an einen Baum, nahm ihm den diesseits hängenden Korb ab, stellte sich zwecks Gewinnung einer gewissen Höhe mit dem linken Bein in den Steigbügel, um mit dem anderen sicher auf dem Sattel knien zu können, riet dem Pferd in gutmütig drohendem Ton, ja auf der Stelle stehenzubleiben, was es tat, und angelte sich dann aus dem am Pferd verbliebenen Korb ein Stück Fleisch heraus, eine Hinterkeule, die durch ihre Sehnen hindurch schon mit einem langen Zimmermannsnagel gespickt war. Während er nun mit der Linken das Fleisch am Nagel in die Höhe hielt, gegen den Baum, zog er aus dem rechten Stiefelschaft einen Hammer und nagelte den Köder fest. Ein gleiches machte er in Abständen von jeweils mehreren hundert Metern noch dreimal. Der Bär drückte sich unter dem Hallen der Hammerschläge noch tiefer in sein Loch. Hätte man die vier in fuchssicherer Höhe mit Fleisch behängten Bäume durch eine Linie verbunden, wäre zutage gekommen, was in der Wirrnis der vielen Bäume verborgen blieb: Die Köderspur wies zur Windwurflichtung. Duschan verstand sein Geschäft — einen Bär dorthin zu kirren, wohin er ihn haben wollte.

Er beeilte sich, wieder wegzukommen von hier. Wenn er den Hunger des Bären und das Fleisch zusammenzählte, kam er dabei nicht auf zwei, sondern auf drei Gründe für seine Eile. Könnte es doch sein, dachte er, daß der Bär, falls er schon jetzt in der Nähe ist und die Fleischwitterung ihn rücksichtslos macht, seine erste große Mahlzeit mit ihm, Duschan, oder mit seinem armen Pferd zu beginnen wünschte. So setzte er sich dem Pferd hinter den Körben in den Sattel und trieb es talwärts. Immer wieder schaute er sich um, nach links und rechts und nach hinten, hatte auch das Gewehr parat, aber nichts geschah.

Während er, nun schon weit weg von den Fleischbäumen und der Ebene nahe, sich wieder ein Lied pfiff, riß droben der Bär die erste Eselkeule vom Nagel. Er fraß von ihr mit einer viehischen Gier, die ihn im Innersten seines Wesens zu verderben begann. Schon ertrug er auch den für seine feine Nase um die Bäume schier wabernden Geruch von Menschen und ihrem Gerät und sogar den Lärm der noch fernen Sägen auf der Lichtung. Gurgelnd und schmatzend, das Maul vor Speichel triefend, die Augen vor Lust verdreht, wühlte er die Zähne in die allzu bequeme Beute. Sie hatten es geschafft. *Sie hatten ihn schweinisch gemacht*. Er wußte es nicht, aber er war es nun geworden und würde es bleiben. Tanzbärhaft hing er am Nasenstrick ihrer Listen, wie die anderen Bären der Gegend auch, sein Fell ein Sack voll Geld.

Wie ein Traum zurückweicht in den Schlaf, so waren die Gehörne in Joops Erinnerung an Maris Turm zurückgetreten in dessen Wände, verflacht, verblaßt zur bloßen Tapete mit schwarz und braun und beinfarben verzweigten Mustern auf kalkweißem Grund, Aberhunderte an jeder Wand. Vom Fuß der barocken Treppe, parallel zu den steinernen Handläufen, stiegen sie auf bis unter die hohe Decke des zweigeschossigen Turms. Oben, auf der geräumigen Galerie, rahmten sie zwischen Augenhöhe und Deckenfries die Zimmertüren und die Fenster zur Donau, Hunderte noch einmal ringsum, in wohl zwanzig übereinander angeordneten Reihen. Es war dies die Trophäenernte von drei Generationen der Czerkys, Rehgehörne überall, mächtige und schmächtige, gerade und gekrümmte, verzweigte und gespießte von fast weiß bis fast schwarz. Eine vollendet geformte Kopfzier hing neben einer krebsig gewucherten Knochenperücke, üppig beperlten, tabakbraunen Rosen benachbart sah man krankhaft weiße Knopfscheiben, mehrere Exemplare waren bepelzt mit mumifizierter Basthaut, zwei sogar verstrickt in schon zu Lebzeiten ihrer Träger verrostet gewesenem Stacheldraht. Viele saßen allein ihren bleichgekochten Schädeldächern auf, andere stachen aus grüngoldenen, von Eichenlaubschnitzerei umkränzten hölzernen Tableaus hervor. Alle trugen Datum und Ort ihrer Erbeutung, mit Tusche von Hand geschrieben auf den Stirnknochen, mit Farbe gemalt auf dem Holz.

Die Museumsschließerin hatte Joop willkommen geheißen, eine ältere Frau, die von ihren Jahren in eine matronenhafte Breite gedrückt worden war, nicht nur das Gesicht unter dem schwarzwollenen Kopftuch, auch die Brust unter der schwarzen Kattunbluse und die Hüften unter der schwarzen Wickelschürze über dem schwarzen knöchellangen Rock über schwarzen Strümpfen und Schuhen. Als Joop aus dem Wagen stieg, war sie rund und voll im Turmportal erschienen, eine schattig verfinsterte Frau im Mond, deren gewohntes Weiß nur Erinnerung ist. *Weiß* wäre Joop zuerst eingefallen, hätte er in seinem Gedächtnis nach ihr kramen müssen; sie hatte damals, als Maris Zugehfrau und Vertraute in allen Dingen dieses Hauses, viel helle Haut gezeigt aus reinweißen Leinenblusen. Nun kam sie ihm als ein neuer dunkler Altersfleck an seinem Lebenshimmel über den Hof entgegen und versuchte zu seiner Pein, ihm, unbeholfen knicksend, einen Kuß auf den Handrücken zu drücken. Im Gegensatz zu ihm hatte sie sich keine Sekunde besinnen müssen, wer er war. Sie wußte über ihn und Mari seit langem Bescheid und weinte, von Erinnerungen an sie überwältigt, leise vor sich hin, als sie ihn in den Turm führte, wo in einer Ecke der Eingangshalle ihr kleiner Tisch mit den Billetts für das Wagenmuseum stand. Es lag Strickzeug darauf, schwarze Wolle. Die Zimmer oben seien offen, sie deutete die Treppe hinauf, aber leider nicht gerichtet, doch falls der Herr ... Nein, dergleichen Wünsche hatte Joop keine, er wollte nicht bleiben, sich nur etwas umschauen, eine Stunde vielleicht oder anderthalb.

In den Wandwäldern aus Rehgehörnen, zwischen denen er auf der Treppe stand wie auf einer bergan führenden Schneise, staunend, als sähe er dies alles zum ersten Mal, hingen an optisch bevorzugten Stellen die Geweihe starker, alter Kronenhirsche, zwölf insgesamt, er mußte sie nicht zählen, sie waren damals schon dagehangen. Er hatte sie studiert, Sprosse für Sprosse, und manches mattschimmernde Ende war ein Neidstachel gewesen in seinem jagdlüsternen Fleisch. Jedes dieser Rekordgeweihe hing inmitten einer von Rehgehörnen freien runden Wandlichtung, deren Radius von der Auslage der beiden Stangen bestimmt wurde. Joop sah sich in einer sekundenschnellen Gedankenpassage seiner letzten zwei Jahrzehnte mit großer Klarheit auf einmal selber als einen solchen imperialen Hirsch, vor dem die anderen zurückwichen oder in subtile Demutsgesten verfielen; dabei gingen sie rückwärts und studierten ihn von unten herauf, um ihren Neid als die Triebfeder eigenen Aufstiegswillens an ihm zu schärfen. Aber dieses Bild von sich war ihm im selben Moment schon, als er es dachte, überaus peinlich. Er ersetzte es in seinem Kopf durch ein harmloseres. Also dachte er von diesen Geweihen, daß sie aus den Wandfreiflächen aufragten wie vereinsamte Baumriesen im Wald, hielten doch auch diese sich mit den langen Schatten, die ihre vielverzweigten Kronen warfen, die weniger Mächtigen vom Leib.

Zwischen den Gabeln der obersten Gehörne zitterten Spinnennetze in einem leisen Wind, der mit der Sonnenwärme zum offenen Portal hereinkam und als schwacher Luftzug in die Höhe getragen wurde. Sonst belebte die Netze nichts. Die vertrockneten Beutestücke, die in ihnen hingen — leergesogene Schwebfliegen, denen das falsche Wespenkleid nichts genützt hatte, mehlige Nachtfalter, deren Flügelpuder die Spinnen nicht geblendet, Schmetterlinge, deren Schönheit sie kaltgelassen hatte —, sie hielten (und wieviel mehr noch die Trophäen an den Turmwänden!) Antworten auf Fragen nach längst erloschenen Lebensverläufen bereit. Aber niemand fragte danach. Niemand wollte etwas wissen von dieser stein- und beingewordenen Orgie der Lebensvereitelung und Lebensvernichtung. Das Fleisch war gegessen, das Blut getrunken, die Knochen blankgenagt und mit buchhälterischer Lust an den Wänden sortiert.

Joops beim Eintritt fängig gestellte, auf neue Jagdlust sinnende Gedankengespinste fingen in Maris steinernem Fasan nur Staub.

Und neue Demütigung. Von den drei Zimmern auf der Turmgalerie hatten ihnen zwei zum Schlafen, das mittlere mit dem Kamin zum Wohnen gedient. In dies Zimmer trat er ein. Das verschmutzte Fenster ließ sich nicht mehr öffnen, so ertrug er verhaltenen Atems den Muff aus ungelüfteten Gardinen und Polstern. Es würde ihm einen Grund geben, sich bald wieder davonzumachen, denn längst bereute er, hierhergekommen zu sein. Er hatte die sechs Gamskrukken über dem Kamin nie aus seiner Erinnerung verloren gehabt und schon gar nicht ihre Geschichte. Die Gehörne stammten aus neuerer Zeit. Kleine Silberschildchen unter den Schädeln auf den schwarzen Ebenholzplatten besagten, daß drei von Joop, die anderen drei von Mari erbeutet worden waren, alle am selben Tag und am selben Ort. In Wahrheit gehörten sie alle sechs Mari, und die Scham darüber fing wieder an, in ihm zu brennen.

Er war nie ein besonders guter Schütze gewesen. Mari dagegen schoß mit einer fast nicht zu glaubenden Sicherheit, die ihr ungestraft die Arroganz erlaubte, stets nur so viele Patronen auf eine Jagd mitzunehmen, wie sie Stücke Wild schießen wollte oder, als Eingeladene, frei hatte. Das war ihr angestammter Adelshochmut in einer Republik, in welcher der Adel abgeschafft war und Hochmut nur Staatsdienern und Kellnern nachgesehen wurde. Lachend die weißen Zähne zeigend, ging sie mit dieser Patronenmarotte durch das Gerede der feinen Wiener Gesellschaft. Aber keiner konnte sagen, er habe sie jemals fehlen sehen. Dabei schoß sie dort, wo andere den Leib an die Erde und den Lauf stabilisierend auf den Rucksack legten, im Stehen, das Gewehr nur am langen Bergstock angelegt. Einen Hochsitz bestieg sie nie; sie haßte es, auf jemanden zu warten, und sei er ein Hirsch. Mehr noch verachtete sie das Töten im Sitzen, das Wild habe *Anstand* verdient.

Vor jener Gamsjagd hatte sie ihm gesagt, sie habe, wie er, drei Gemsen frei und nehme dafür, wie üblich, drei Patronen mit. Als das Wild dann vor den Treibern daherkam, zahlreich und nur leicht auseinandergezogen, schoß sie auf dem ihnen beiden vom Jagdherrn zugeteilten Platz dreimal und traf dreimal. Die Tiere blieben im Feuer liegen. Als der zweite Trieb vorüberkam, war die Reihe an Joop gewesen. Er schoß und fehlte, obwohl er im Liegen auf seinem Rucksack aufgelegt hatte. Er war zu tief abgekommen und hatte dem Bock einen Vorderlauf weggeschossen. Da fiel unmittelbar in seinem Rücken ein Schuß, der das verstümmelte Tier tot auf die Decke legte. Als Joop sich umsah, stand Mari hinter ihm, den Unterleib arrogant vorgewölbt, den Oberkörper in der seidenen Khakibluse noch dort, wo der Rückschlag ihrer Büchse ihn hingestoßen hatte: leicht hinter der Gürtellinie. Sie war sanft errötet, als sie über den Lauf hinweg zu ihm heruntergelacht und um Pardon gebeten hatte für ihre Einmischung. *Ich dachte*, sagte sie im unsicheren darüber, wie er es aufnehmen würde, *wir könnten uns das nicht leisten*. Sie hatte das grausliche Bild des gefehlten, nach einem Überschlag auf drei Beinen davonhastenden Bocks gemeint.

Joop erinnerte sich, wie ihm in der ersten Verblüffung nur der Gedanke gekommen war, daß Mari zusätzlich zu den drei Patronen, die schon verschossen gewesen waren, Reservemunition mitgenommen haben mußte, was nie zuvor geschehen war; ihr jagdlicher Ruf beruhte auf dieser Marotte. Sie tat es, dachte er mit dem Gefühl einer tiefen seelischen Verwundung, in Erwartung meines Fehlens; die Göttin der Jagd half einem Sterblichen auf. Es war allein diese Voraussicht gewesen, die ihn verletzt hatte (und von der er nicht wissen konnte, ob sie nicht Maris uneingestandener Hoffnung entsprungen war, dem großen Joop, der ihr in allem über war — Lebenserfahrung, Weltläufigkeit, Vermögen —, wenigstens auf einem ihm wichtigen Feld überlegen zu sein: in der Jagd). Den Gnadenschuß hatte er akzeptiert.

Tief verunsichert, war er danach noch zweimal falsch abgekommen, mit den Folgen eines Lungendurchschusses, welcher dem Gams das Blut aus dem Äser trieb, und einem Krellschuß aufs Rückgrat eines anderen Bocks, was zu dessen Lähmung geführt und Mari die leidige Sache eins ums andere Mal mit der an ihr gewohnten Treffsicherheit hatte erledigen lassen. Für Entschuldigungen war nach drei Fehlschüssen kein Anlaß mehr gewesen.

Irgend jemand war beim Streckelegen mit der Tuschelei umhergegangen, Mari Czerky, wie sie auch nach ihrer Verheiratung noch für diese Menschen hieß, habe heuer sechsmal geschossen, aber nur dreimal getroffen. Sie hatte das, als sie davon hörte, mit einem Lachen hingenommen, aus dem weder eine Bestätigung noch eine Leugnung des Gerüchts herauszuhören gewesen war, und weil es keine Zeugen gab, blieb Maris diesbezüglicher Ruf so gut wie unbeschädigt, zumal sie vernehmbar für alle Ohren beim Schildergraveur, als dieser bei den vielen Schützen der großen Treibjagd geschäftstüchtig reihum ging, sechs Silberschildchen für die Trophäen bestellte — drei mit ihrem Namen und drei mit dem Namen von Joop. Der hatte dazu geschwiegen.

Er warf, bevor er aus dem Turm ging, noch einen Blick in Maris Schlafzimmer. Der große, schräg von der Wand hängende Spiegel über ihrem mädchenhaft schmalen Bett hielt noch immer in seinem vergoldeten schweren Stuckrahmen das halbblinde alte Glas, in welchem ihr Bild ihm damals wie ein von Alter verschleiertes, in blassen Farben gehaltenes Gemälde erschienen war, wenn sie in den Sommermonaten ihrer Ferienaufenthalte spärlich bekleidet dagelegen war, meistens auf ihrem jungenhaft flachen Bauch. Eine Mittdreißigerin damals, hatte sie unter der dünnen, sich kühl anfassenden Rohseide das glatte und feste Fleisch der Nullipara. Es war weißhäutig bis auf einen in der Jagdsaison niemals ganz verschwindenden zart veilchenblauen Bluterguß unter dem rechten Schlüsselbein — Rückstoßspuren ihrer deftigen Langwaffen. Es hatte ihr gefallen, wenn er just diesen ins Gelbliche changierenden Fleck zu küssen wünschte. Sie nannte das ganz ernsthaft *Die Anbetung der Diana*. Ihre Ernsthaftigkeit hatte ihn immer erschreckt, weil sie zu zeigen schien, daß er für Mari wenig anderes war als der erste Priester ihres Jagdkultes. Ihr Gesicht mit den naturroten Lippen, mit der an den Flügeln sehr beweglichen und dann wie witternden Nase und den grauen Augen über slawisch weitstehenden Backenknochen war leicht gebräunt, ebenso die Hände und die Unterarme als Folge ihrer rustikalen Lebensweise. War sie in dieser Ruheposition wach, dann lag auf den Kissen zwischen ihren aufgestützten Ellbogen oft ein Band Trakl. Sie mochte die Worttrunkenheit des rauschigen Salzburgers (wie er mit einem anrüchigen jagdlichen Wort bei ihr hieß), obwohl sie ihn manchmal mit einem mokanten Ton in der Stimme zitierte: *Ein Wild verblutet sanft am Rain / Und Raben plätschern in blutigen Gossen* ... Oder die Anfangszeilen des *Grodek*-Gedichts, in dem für sie die traurige Geschichte vom Untergang ihrer Familie in zwei Kriegen beschlossen lag: *Am Abend tönen die herbstlichen Wälder / Von tödlichen Waffen, die goldnen Ebenen / Und blauen Seen, darüber die Sonne / Düstrer hin-*

rollt... Dabei konnte es passieren, daß ihre Stimmung radikal umschlug und Tränen in ihre Augen traten. Tonlos schickte sie dann diese eine Zeile wie ein schauriges Echo auf die anderen hinterdrein: *Alle Straßen münden in schwarze Verwesung*. Ihre sehnigen Hände, die so effizient den Tod auf den Weg zu bringen wußten, wühlten sich beim Lesen vom langen flaumhaarigen Nacken her oft hinauf in ihr ohrkurz geschnittenes schwarzes Haar. Sich für ihr Wort von der Anbetung der Diana revanchierend, hatte er das Bild, das sie so im Goldrahmen des Spiegels zeigte, *Schonzeit der Diana* genannt. Es steckte mehr als Ironie und Bewunderung darin, Resignation schon und eine Vorausahnung der Trennung.

Gefunden hatte er den Schonzeit-Titel für ihr Bild an einem heißen Junimittag. Die Flinte am Lauf abgekippt über der Schulter, den schalen Geruch von Wildschweiß an Manschetten und Händen, war er, von einem erfolgreichen Pirschgang zurück, in ihr Zimmer gekommen. Zuvor hatte er an die Tür geklopft (sie waren auch nach mehreren Ehejahren noch voller Rücksicht gegeneinander), und sie hatte ihn hereingerufen, nackt auf dem Bett sitzend, dem Spiegel zugewandt, den Rücken zu Joop. Ob er Erfolg gehabt habe, hatte sie ihn gefragt und war ungeniert darin fortgefahren, sich mit narzißtischer Selbstverliebtheit im Spiegel zu betrachten. Er hatte es ihren Augen angesehen, als er, um zu antworten, seinen Kopf neben ihren hielt und nun mit ihr gemeinsam ihr Spiegelbild anschaute. Amüsiert war sie seinen Blicken gefolgt, wie sie unstet flackernd über die Brüste und den Bauch zum Schamhaar hinuntergeeilt waren, und hatte leise gelacht. Ertappt bei seiner Lüsternheit, hatte er rasch die Augen gehoben, aber die Stellung seines Kopfes neben dem ihren beibehalten. Ihre Blicke waren sich im Spiegel begegnet, voll glitzernder Lust die seinen, die ihren bloß unruhig hin und her gehend zwischen ihnen, als suchte Mari auf dem eigenen Gesicht einen Abglanz dessen, was sie auf seinem sah. Während er so gestarrt und auf eine Regung des Einverständnisses gehofft hatte, die aber nicht kam, waren seine Augen in Unschärfe übergegangen, und da hatte er etwas gesehen, das ihn entsetzte: Goldgerahmt hing schräg von der Wand die genaue Nachstellung eines berühmten Pradobildes (auf dessen Maler er sich in jenem Augenblick einer neuerlichen Selbstentblößung vor anderen Augen nicht hatte besinnen können): *Alter Mann neigt sich lüstern von hinten her nacktem jungen Weibe zu*. Das Bild, das er sah, war nicht nur konturenschwach, es waren die Farben des Frauenkörpers, der beinahe den ganzen Goldrahmen füllte, auch ausgeblaßt. In jenem nur Sekunden währenden Tagtraum dachte er: wie abgenutzt vom jahrhundertelangen, fleischlich erregten Mißbrauch dieses Leibes durch männliche Betrachteraugen. Als er dann den Männerkopf ansah, erkannte er sich unter Aufwallung von Scham deutlich selbst; seine Augen fokussierten wieder. Er hatte sich kerzengerade aufgerichtet, ganz Haltung nun, Bankmensch wieder.

Und Mari? Als wolle sie sich abwenden von eklem Schmutz, hatte Joop gedacht, weil sie mit einem heftigen Schwung ihrer jetzt eng geschlossen gehaltenen, in den Knien seitlich zum Gesäß abgewinkelten Beine zu ihm herumgefahren war. Oder war alles ganz anders? Dachte er dies von ihr, weil *er* sich schmutzig fühlte? War Mari am Ende bloß enttäuscht von seiner Hasenfüßigkeit, seinem neuerlichen Fehlen in einem kostbaren Augenblick zwar nicht des Todes, wie auf jener Gamsjagd, aber doch des reinsten, heißesten Lebens? (Als Joop ein Wort gesucht hatte, ein Stichwort, das die peinliche Sache auf den Punkt gebracht hätte, so daß sie sich darunter ablegen lassen würde in seinem Gedächtnis, zur heilsamen Wiedervorlage bei ähnlich delikaten Vorgängen, da war ihm — so effizient hatte sein Gehirn nun wieder funktioniert — *coitus interruptus mentalis* eingefallen. Aber, hatte er gedacht, das war wohl wieder kein guter Gedanke, eine Spur zu zynisch, zu flach. Überhaupt war ihm letzthin mit zunehmender Beunruhigung aufgefallen, daß sein Innerstes, der private Joop sozusagen, von banalen Berufsvokabeln wie *ablegen, Rendite, Wiedervorlage* und dergleichen wie von vivophagen Viren zerfressen wurde, so daß sein Fühlen krank und sein Denken flach wurde.)

Wie auch immer. Nachdem Mari sich mit beiden Händen heftig ein Leintuch bis unters Kinn gezogen hatte, rezitierte sie, so als habe sie ein Stichwort erhalten, so als sei dies alles geprobt und nicht erlitten, und auch schon wieder milden Spott in den Augen, erneut Trakl (jedenfalls hatte er es für Trakl gehalten, denn es war stark rauschig): *Und manchmal treffen sich Blicke voller Gier / Wenn tierischer Dunst die Stube durchweht* ... Also hatte sie doch wieder töten wollen, wenn auch diesmal nur seine Lust auf sie! Also hatte es ihr genügt, wie er nach Tierblut gerochen und ihrer Situation auf dem Bett einen Namen gegeben hatte: *Schonzeit der Diana*.

Darüber war Mari tatsächlich glücklich gewesen, ähnlich wie über die Anbetung, weil er ihr mit beidem zu sagen schien, daß er sie in ihrem innersten Wesen verstand: Wenn sie jagten, versagte sie sich ihm. Zwei Leidenschaften waren für sie in der Hitze der Salzsteppe und des Blutes eine Leidenschaft zuviel, wohl nicht körperlich, aber spirituell: Man schuldete dem Wild Anstand. Wie andere Jäger ihr hinderliches Körperfett, so fastete Mari sich die geistige Schuld ab, die sie beim Töten fühlte. Ihr war zu glauben, was auf den Hubertusfeiern der Jäger rhetorische Floskel war, Kreide in den Mündern von Wölfen — Ortegas *schaler Gaumen beim Anblick des bezaubernden, des getöteten Wildes*. Ihr Lachen nach dem Schuß war Ausdruck der Freude über die Perfektion ihres Handwerks, und wenn es amoralisch war, dann war es göttlich. Diana redivivus.

Nun war ihr keusches Bett mit weißen Nesseltüchern verhängt, der Spiegel wieder leer, die Jagd mit ihr aus. Noch einmal suchte er das Wohnzimmer auf und nahm dort die drei Gehörne ab, die auf den Ebenholzplatten, auf denen sie montiert waren, Maris Namen in Silber trugen. Die Krucken, die auf die gleiche Art als die seinen ausgewiesen waren, ließ er hängen. Von der Frau im Mond, wie er die Beschließerin bei sich nannte, erbat er sich beim Hinausgehen aus dem Turm die Erlaubnis, die drei Gehörne mitnehmen zu dürfen. Da sie ihm ja gehörten, fürchtete die Frau keine Schwierigkeiten. Als sie dann Maris Namen auf den Schildchen las, glaubte sie erst recht, seine Gefühle zu verstehen. Aber sie verstand gar nichts, verstand sich doch Joop selber nicht. Er hätte, wäre er gefragt worden, nicht sagen können, warum und wozu er die Gehörne mitnahm und was er mit ihnen anfangen sollte. Er haßte dergleichen an seinen privaten Wänden, und in der Bank wären diese Knochen gleich ganz und gar unmöglich und Gegenstand kollegialen Spotts gewesen. Er stieg schwerfällig ins Auto und nannte dem Chauffeur den beim Hirschrevier gelegenen, diesem den Namen gebenden Ort, zu dem sie unterwegs waren. Ohne sich umzusehen hob er grüßend eine Hand neben seinen Kopf, damit die Frau es durch das Rückfenster sehen konnte. Zu wortreicher Freundlichkeit beim Abschied, der einer für immer war von diesem Turm, hatte er nicht mehr die Kraft gehabt. Maris Fasan war, getroffen von einer Garbe düsterer Erinnerungen, in ihm tot zu Boden gestürzt. Er wünschte, er wäre jetzt im Regen und wieder zu Fuß, wie vor zwei Wochen, nachdem er sich in seinem Büro in der Bank in Gegenwart einer Angestellten vor dem Acrylbild der Diana zum Narren gemacht hatte. Man hätte seine in Nässe schwimmenden Augen nicht gesehen. Er dachte das Wort noch einmal: *Narr*.

Der Weg des Bären vom Schlafquartier unter der gestürzten Fichte zum Fleisch wurde Tag für Tag länger, denn die Köder lagen immer näher bei der Lichtung. Jeden Abend, im letzten Licht, witterte er den Mann, der sie am Boden oder auf einem Baumstumpf auslegte, sie aber nicht mehr an die Bäume nagelte.

Es war nicht mehr nötig. Jeder wußte inzwischen vom anderen, was er zu seiner Sicherheit wissen mußte: der Bär, daß das Fleisch abends kam und der Mensch wieder ging, der es gebracht hatte; und Duschan wußte, daß der Bär die Köder annahm und ihnen von Ort zu Ort nach seinem, Duschans, Willen folgte und daß kein Fuchs dem Fleisch auch nur nahekommen würde, weil der Wald südlich der Köhlerlichtung für alle Tiernasen schier geschwängert war mit Bärenwitterung.

Das Pferd hatte Duschan auch nicht mehr dabei. Er war nach der ersten, reichlich bemessen gewesenen Fütterung dazu übergegangen, dem Bär von Mal zu Mal immer kleiner werdende Portionen vorzulegen, damit er durch einen Hunger, der nur gemildert war, nicht gestillt, handhabbar blieb. Um sein Fressen Abend für Abend zu finden, brauchte er lediglich mit der Nase der Spur zu folgen, die Duschan ihm legte, indem er das Fleischstück, mal einen Rinderhals, mal eine Eselschulter oder eine Hammelkeule, vom gestrigen Luderplatz zum nächsten im Rucksack über den Waldboden schleifte. Duschans Jagdrucksack war am Boden verkrustet mit Altblut und auch sonst von einer aasigen Ausdünstung, die für eine Bärennase einer hell erleuchteten Straße gleichkam, von der auch noch sicher war, daß sie zum Ziel führte.

Der Bär hatte sich in nur fünf Tagen so sehr an diesen Gang der Dinge gewöhnt, daß er zur Ankunftszeit Duschans seine Höhle unter der gestürzten Fichte jedesmal längst verlassen hatte und in der Nähe des alten Luderplatzes auf ihn in Erwartung des neuen schon hoffte. Er hielt sich dabei in einer sehr langen und dichten Fichtenaufforstung versteckt, mit der die Förster vor zehn, zwölf Jahren einen alten Windwurf zu schließen versucht hatten, der von einem Wirbelsturm als lange Schneise in den Hochwald gerissen worden war. Irgendwo zwischen diesem alten Windwurf und dem neuen mit dem Meiler darauf zog Duschan den Bär wie an einem Nasenstrick zur Köhlerlichtung. Er fürchtete ihn nicht mehr, obwohl er fast sicher war, daß er bei seiner Ankunft irgendwo in der Dickung saß und schon auf ihn wartete. Er hatte den Bär fest auf der Straße der Gewohnheit, auf der er auch die anderen Bären hielt, die ihm unterstanden. Nicht anders erging es den Bären der Region, die Duschan nicht unterstanden.

Sie waren Zöglinge der Jagdfunktionäre des großen Mannes in seinem Palast in der Hauptstadt. Zöglinge, jawohl, denn man erzählte sich von ihm in den Dörfern am Rande der großen Bärenwälder, daß er einen Bär erlegen wolle, der alle Bären des europäischen Ostens an Größe und Auslage seines zur Trophäe ausgebreiteten Fells, auch an Haardichte und Schönheit der Zeichnung, übertreffen sollte. Den größten aller Bären wolle er schießen, einen, der sein eigenes Maß hatte, ihm in Mächtigkeit und Herrschaftsausübung gleichkam, einen vor allem, der ihm darin mehr glich als die drei oder vier anderen Führer des Ostens, mit denen er vor Kameras Bruderküsse tauschte und die in den Wäldern ihrer Länder ebenfalls Bären jagten oder sich dazu gegenseitig einluden, die aber, das habe er geschworen, niemals einen Bär erlegen sollten, wie er in seinem Land einen erbeuten würde. Also füllten sie für ihn die Mägen der Bären in der Region mit Fleisch und Innereien für die Statur und mit Mais für die Gesundheit, die sie am Glanz und an der Dichte des Fells ablesen zu können meinten, als züchteten sie Hunde. In der Hoffnung, daß wenigstens einer dieser Bären zu einem Ausnahmetier heranwachsen möge, deckten sie ihnen einen Tisch, an den sich wohl auch gern mancher kleine Bauer dieser Armeleutegegend gesetzt hätte, wäre, was serviert wurde, gegart gewesen. Selbst Wurmmittel für die Bären vergaßen sie nicht; sie mischten sie ihnen unters Futter, weil sie dies auf ihren privilegierten Besuchen im Westen bei hirschhaltenden Industrie- und Adelsherren gesehen hatten. Jedes Gramm Bär gehörte dem großen Mann in der Hauptstadt.

Als Duschan nach einem Fütterungsgang über diese Gerüchte nachdachte (und sie für wahr hielt), da war er in Versuchung gewesen zu hoffen, es könnte dieser Bär, sein Bär, der Auserwählte sein; die Körpergröße dafür hatte er, auch die weite Auslage der Extremitäten, nur wohl nicht die Qualität des Fells, wie Duschan im Glas des deutschen Herrn gesehen hatte, als der Bär und er sich zum ersten Mal vor den Kopfweiden der Ebene begegnet waren. Sein Herz schlug bei dem Gedanken an eine solche Möglichkeit schneller. Er würde über seine Idee vorsichtig mit der Kommission reden, in deren Hand das weitere Schicksal dieses Bären lag.

Die ökologischen Geister, die Joop gerufen hatte, wurde er nun nicht mehr los. Als er im Jagdhof des berühmten Hirschreviers eintraf, kamen sie zu seiner Begrüßung aus dem Gästehaus, zu viert, vornweg der kleine Professor, der ihm vor ein paar Tagen die schnöde Endlagerung der Hirschgeweihe im Sperrmüll prophezeit hatte. Man unterrichtete Joop, daß sie geschickt worden seien, um seinen Aufenthalt hier über das bloß Angenehme hinaus, für das die Jagdverwaltung zuständig sei (ein neu hinzugetretener Funktionär salutierte), möglichst informativ zu gestalten mit Auskünften, an denen er Interesse zu haben schien; man vermute an solchen, die den Naturhaushalt dieses großen Auwaldreservats beträfen.

Die Art, wie der kleine Professor ihn anschaute, vertraulich fast, ja beinah schon konspirativ, dabei ein sanfter Vorlächler seiner drei Kollegen mit ihren durch Brillengläser nach Joop stechenden Blicken, ließ in ihm den Verdacht aufkeimen, es könnten diese Herren eines neuen ökologischen Denkens Blut geleckt haben — seines, in welchem sie erste Spuren eines für einen Mann von Joops Überzeugungen geradezu paulinischen Sinneswandels herauszuschmekken glaubten. Deshalb nannte er, zunächst noch gutgelaunt, diese cordbehosten und grünbejoppten Herren bei sich seine Erinyen — Gewissensplagen mit der Hartnäckigkeit von Fliegen. (*Schmeiß*fliegen war ihm als erstes in den Sinn gekommen, aber er hatte die denunziatorische Vorsilbe sofort verworfen, nicht ohne deshalb gleich wieder an sich ein Symptom der Ansteckung am Gedankengut dieser gelehrten Universitätsmenschen forstlicher Provenienz zu vermuten.)

Ein Kutschwagen mit Brettersitzen im Kastenaufbau und zwei Pferden davor brachte die Gesellschaft, nachdem Joop sein Zimmer besichtigt und sich umgezogen hatte, rasch in den Wald. Es sollte eine erste, noch waffenlose Exkursion sein mit Hoffnung auf schöne Anblicke jagdbarer Tiere in der Dämmerung. Während der des Deutschen nicht mächtige Jagdfunktionär darum vorn auf dem Bock beim Kutscher saß und mit diesem plauderte, waren die Erinyen im hinteren Teil des Wagens um Joop herum und summten und sirrten in der schwülen, ihn schläfrig machenden Hitze des Nachmittags — leise, wenn der Wagen über ebenen Grund fuhr, und lauter, wenn er knarrend durch Löcher holperte. Joops Blicke gingen in den Wald und stießen sich an kaum einem Baum, denn die Bäume standen weit und licht, und nur das Sehen, das alle ferngelegenen Dinge zusammenrückt, machte aus den Bäumen schließlich doch noch einen dichten Wald, der eine optische Täuschung war. Es floß in Joop im Gewirr der auf ihn einredenden Ökologenstimmen das Gesehene mit dem Gehörten zusammen, das neu Erfahrene mit dem noch Geglaubten, die Gewißheit von gestern mit dem Zweifel von heute, das Gelesene mit dem Gedachten und das Gedachte mit dem Gesagten.

Sehen Sie doch Herr Joop der Wald ist in Auflösung begriffen
Sehen Sie das denn nicht Herr Joop!
Vergreist ist er in den hohen Kronen und ohne Baumkinder am Boden
Und so stirbt er oben und unten zugleich
Oben sinds die Jahre
Und unten sinds die Hirsche
Zweitausend viertausend sechstausend Stück in diesem Wald und in der blauen Weichholzaue drüben im Mündungsgebiet der Drau
Ein Hirschbordell!
Jawohl Herr Joop: Bordell! Denn hierher kommen die westlichen Freier
Die Kinnstarken und die Blitzäugigen
Die Bebauchten und die Bearschten
Die Quaßler und die Qualmer
Die Behaarten und die Beglatzten
Die Betuchten — verzeihen Sie Herr Joop!
Die mit den ausgebeulten Brusttaschen
Und verschaffen sich schwitzende Lust im zwanzigdreißigtausend Mark teuren Schuß auf den alten Kronenhirsch

Aber der alte Kronenhirsch ist nur der Kopf einer
großen breithüftigen Pyramide
Aus Hirschkühen und ihren Kälbern
Und es stehen vielzuviele Pyramiden hier im Wald
und drüben hinterm Damm in den wäßrigen Auen
und im Schilf herum
Pyramiden die der Pharao hier wachsen läßt
Damit sie wenn ihr der geweihte Kopf weggeschos-
sen wurde
Für zwanzigdreißigtausend Mark
Gleich wieder einen neuen Geweihten produzieren
wenns geht im Wert von
dreißigvierzigtausend Mark
Und wieder einen neuen warum nicht gleich im Wert
von fünfzigsechzigtausend Mark
Und mit Fütterungen
Weil der kaputte Auwald die Hirschpyramiden nicht
mehr ernährt
Und mit Hormonen
Weil die kaputte Natur die Dreißigvierzigfünfzigtau-
sendmarkgeweihe nicht mehr ernährt
Und so immer fort bis diese Hirschpyramiden eines
Tages
Wie die ägyptischen Pyramiden in denen der Pharao
wohnt
In der baumlosen Wüste herumstehen werden oder
falls Ihnen das lieber ist Herr Joop
Weil es stammesgeschichtlich richtiger ist Herr
Joop:

In der baumlosen Grassteppe
Aus welcher Cervus elaphus einstmals kam
Aber das heißt noch lange nicht Herr Joop daß dieses
Ende dann eben der Kreislauf der Natur war und
worüber regen wir uns auf
Es wird dieses Ende die Opferung der Natur gewesen
sein Herr Joop
Und dann wird das darbende Volk die ohne den
Schutz des Waldes im freien Feld stehenden Pyrami-
den abtragen und auffressen
Mitsamt dem Pharao der darin wohnt
Und die Kinnstarken und die Blitzäugigen
Die Bebauchten und die Bearschten
Werden dann nicht mehr bei uns ihr Blei ejakulieren
Weil die Quaßler
Und die Qualmer
zu ihrer seelischen Gemütlichkeit
So sagt man doch Herr Joop den Wald brauchen zu
den Hirschen
Denn ein Hirsch ohne Wald ist ihnen wie ein Korn
ohne Bier
Ist so wenig romantisch wie
Ein Beglatzter der gestern noch ein Behaarter war
Aber es verschwand der Wald nicht von gestern auf
heute
Er lichtete sich Jahrzehnt um Jahrzehnt und verlor
nur langsam zu seinen Haaren oben seine Fruchtbar-
keit unten
Aber das haben die Romantiker

Die mit den ausgebeulten Brusttaschen
nicht gesehen
Denn solange diese Menschen den Wald haben
Sehen sie ihn nicht
Aber wenn sie ihn nicht mehr haben
Dann sehen sie ihn
Verstehen Sie das Herr Joop?

Schemenhaft zogen in der Ferne große Rudel Hirsche durch den weit aufgerissenen Wald; sie schienen ihre Geweihe aus Angst vor einer sie an den Menschen verratenden Auffälligkeit nicht mehr zur vollen Größe aus ihren Köpfen entlassen zu wollen, denn Stangen und Sprossen waren nur kurz, wie eingedickt, als hätten die Tiere alle Wuchskraft statt zu den Enden, die nur gefährlich weit leuchten würden, in die von dunklem bluthaltigen Moos überwucherten Ränder geleitet. So sahen die Hirsche fremd aus und geheimnisvoll. Sie schlugen mit diesen pulsenden Waffen nach dem Rest des Tages, damit Nacht werde und Stille im Wald und sie endlich in Menschenträume eingehen konnten, die nicht mehr lüstern um ihre Geweihe kreisten wie Raben um das Kreuz. Wenn sie achtsam die Köpfe aufwarfen, taten sie es gemeinsam, und dann stoben die Fliegenwolken über ihnen mit einem Gesumm auseinander, das in seinem Anschwellen und Verharren auf hohem Ton einem Schmerzenslaut des ganzen Rudels glich.

Joop hob den Kopf von der Brust, wohin er ihm schläfrig gesunken war, und blickte in die wie wissend lächelnden Gesichter der vier Ökologen.

Anderntags weckten sie Joop gegen vier in der Frühe, so war es verabredet. Zusammen mit dem Jagdfunktionär von gestern und dem kleinen Professor, der als Dolmetscher mitging, bestiegen sie einen leichten zweispännigen Jagdwagen, beim Kutscher auf dem Bock wieder der Funktionär, im Fond Joop und der Professor. Eine Unterhaltung kam nicht auf, zu kurz war die Nacht gewesen zwischen dem Ende der Abendunterhaltung und dem frühen Aufbruch. Joop hatte seine Doppelbüchse zwischen die Knie gestellt, beide Hände oben um die Läufe gelegt und das Kinn darauf gestützt, aber das Schwanken und Stoßen des Wagens machte ein Nachschlafen unmöglich. Die Pferde schnaubten leise, die Wagenfedern stöhnten, die Räder schmatzten im Morast der Wege, die man fuhr. Ab und zu wechselten Kutscher und Funktionär ein paar halblaute Worte, die der Richtungsfindung dienten, vermutete Joop. Er wußte nur, daß man auf der Fahrt zu einem Ansitz war, von dem aus er einen starken Rehbock schießen sollte — *with compliments of the Chief of State*, wie es in einer Notiz hieß, die ihm am Abend ausgehändigt worden war. Deutsch war noch immer eine schwierige Sprache in diesem Land, nicht nur der vertrackten

Grammatik wegen, Joop zudem Emissär der amerikanisch dominierten Weltbank, also war Englisch angezeigt.

Sie hielten alsbald bei einer Forsthütte. Hier trennten sie sich. Kutscher und Professor gingen in die Hütte, der Funktionär führte Joop zu Fuß etwa einen Kilometer weit zu einer Lichtung mit einem Hochsitz, den er ihn besteigen hieß, nachdem er ihm zuvor noch die ungefähre Richtung gewiesen hatte, in welche Ausschau zu halten sei nach dem Austritt des Bockes aus dem Wald auf die Blöße im ersten Licht. Dann war Joop allein. Sie hatten ihm eine Decke mitgegeben, in die er sich von den Hüften abwärts einwickelte (was ihm, mußte er denken, die doppelte Verachtung Maris eingetragen hätte — erst der Hochsitz, dann diese Decke!). Die Büchse stellte er in eine Ecke. Es wurde ein langes Warten.

Die Sonne schoß von Osten her schon erste Strahlen durch die Baumstämme, als Joop den Bock austreten sah. Er hatte ihn deutlich im Glas und war sich sicher, das Tier zu sehen, das man ihm beschrieben und zum Abschuß freigegeben hatte: die auch für ein männliches Reh mächtige Statur zuvörderst, dann die im jahreszeitlichen Haarwechsel von Grau zu Rot begriffene Decke, das Altersgesicht, vor allem aber das Gehörn, das über wulstigen und zerklüfteten Rosen zu einer von Joop noch nie an einem lebenden Bock gesehenen Stangenstärke und tiefer Doppelgabelung aufwuchs. Er konnte sich nicht sattsehen an diesem Tier und vergaß überm Schauen ganz das Schießen. Als ein von Bäumen gefiltertes weiches Lichtbündel den Kopf des unbeweglich stehenden Bockes traf, leuchteten die schwarzen Augen wie polierte Kohlen auf und das Gehörn nahm eine fast weiße Farbe an, in der die verschatteten Rillen wie lebende Adern standen. Nichts bewegte sich, nur der Pinsel unterm Bauch zuckte nervös und erinnerte als Austritt des Lebens Joop daran, daß er hier war, um dieses Tier aus just diesem Leben in den Tod zu befördern.

Leise vertauschte Joop das Glas mit der Büchse und suchte sich im Fadenkreuz des Zielfernrohrs das Blatt des Tieres, hinter dem er das Herz wußte. Da schüttelte es ihn, wie es den Menschen schütteln kann, wenn die Wände seiner Blase sich nach der Entleerung berühren. Er erinnerte sich, ganz lächerlich in einem so kostbaren Augenblick, an eine solche Erklärung seines Arztes, den er wegen dieses unmotivierten Schüttelns von Schulter, Brust und Rücken, das ihn zuweilen befiel, konsultiert hatte. Aber es war nicht die Blase. Es war auch nicht der Alkohol im Zusammenwirken mit der kurzen Nacht, die Morgenkälte nicht und nicht das übliche Schußfieber. Es schüttelte ihn das inwendige Ringen zwischen einem fast als Ekel empfundenen neuen Trophäenüberdruß, der in Maris Turm begonnen und sich gestern im Wald verfestigt hatte, und der alten Bockgeilheit, die sich von jeher im Töten und Trauern zu läutern suchte, die sich aber heute nach ihrer Stillung durch den Schuß verschämt als soziale Tat geriert, als Akt der Wiederherstellung eines in der Natur verlorengegangenen Gleichgewichts zwischen Wild und Wald. Ekel und Geilheit, beide waren in Joop, der Ekel auch eine Folge seiner langsam gewachsenen Erkenntnis, daß der neue ökologische Mantel, in dessen Schutz vor öffentlicher Unbill die Jagd sich in die Zukunft zu schleichen sucht, nur mühsam die alten Zeichen der Lust an ihrem Leib verdeckt, Zeichen, die sie in unschuldigeren, unkomplizierteren Zeiten nie geniert hatten. Es ist, dachte Joop mit kühler Glattheit, wie sie ihm vom Holz des Büchsenschaftes an seiner Wange in den Kopf kam, dieses neue Denken der Waidgenossen in den Kategorien von Täuschung und Scham, das die Jagd ruiniert, nicht das neue öffentliche Denken in den Begriffen der biologischen Wissenschaften. Und also war das Schütteln, das ihn befallen hatte, doch etwas, das mit einer Entleerung von Giftstoffen zu tun hatte, mit der Entleerung der Seele und ihrem der Entleerung folgenden Erzittern, dachte er erleuchtet, den Bock dabei unverwandt im Auge. Doch zu seiner Verzweiflung blieb er zwischen diesen todes- und lebenshaltigen Augenblicken im Ungewissen darüber, welches der in ihm ringenden Gifte er ausschied: die alte Lust oder den neuen Ekel, die sich gegenseitig verdarben.

So stark war das Schütteln gewesen, daß der Schaft der Büchse von Joops Schulter abgestoßen worden war und ihm darüber sowohl die Visierlinie als auch das Denken ins Abseits gerieten. Bald danach hatte er die Waffe auf die Brüstung sinken lassen und saß nun da wie versteinert, als habe der Tod soeben ihn und nicht den alten Bock angesehen. Er wartete auf dessen Abspringen. Sein Blick verschleierte sich. Er redete sich ein, es seien Tränen der Freude über das Weiterleben dieses schönen Tiers. Aber er wußte, daß es so nicht war.

Als seine Augen sich wieder geklärt hatten, war der Bock fort. Joop verließ den Hochsitz und ging mit schleppenden Schritten zu den anderen zurück. Dem Erstaunen des Jagdfunktionärs begegnete er mit der Bemerkung, der Bock habe immer nur ganz spitz zu ihm gestanden, niemals breit genug für einen sicheren Schuß. Der kleine Professor übersetzte das, und während der Funktionär wortlos und wohl auch ungläubig die Achseln zuckte, drehte der Professor sich wieder Joop zu und sagte leise: *Brav, Herr Joop!* Er lächelte dabei so unergründlich, daß offenblieb, ob er bei diesem merkwürdigen Wort, das auch die gelungene Dressur eines sich gelehrig zeigenden Jagdhundes hätte belobigen können, die Verschonung des Rehbocks im Sinn gehabt hatte oder die vermeintliche Wandlung Joops, fort vom Jagen einzig wegen der Trophäe, oder ob es nur der sprachliche Mangelausdruck eines Fremdländers gewesen war.

Joop war irritiert, sagte aber nichts. Er war anderweitig in Gedanken. Man fuhr zum Jagdhof zurück.

Auf Joops Programm stand noch eine ausgedehnte Bootsfahrt durch die Naßauen von Donau und Drau mit Anblicken von Kormoranen, Reihern und Adlern. Und dann die große Audienz.

Steine drehte der Bär nun nicht mehr um. Er war nicht hungrig. Aber er war auch nicht satt. So blieb er auf den Beinen, wenn er das Fleisch, das sie ihm seit einer Woche regelmäßig vorlegten, gefressen hatte und suchte wieder überständige Beeren in den Krautteppichen des Waldes. Er mußte dabei achtgeben, daß er nicht zu nahe an die Windwurflichtung geriet, denn weit zu ihr war es nun nicht mehr von den Orten, an denen er letzthin das Fleisch für sich ausgelegt fand.

An einem dieser Tage hob er beim Weidegang den Kopf und lauschte. Das ihm vertraut gewordene ferne Hämmern und Sägen, das Heulen und Dröhnen der Schlepper und Lastwagen, mit denen sie auf der Lichtung räumten und das geborgene Holz abfuhren, verebbte zwischen Mittag und Abend und hörte noch vor Dunkelwerden schließlich ganz auf. Lautlos pirschte der Bär an die neue Stille heran. Als er am Rand der Lichtung ankam und sich vorsichtig hinter dem noch liegenden Holz aufrichtete, wie an jenem Tag, als er den Köhler angefallen hatte, nahm er aus der Luft zwar noch Menschenwitterung auf und den Gestank von Maschinen, aber die Quellen dieser Gerüche waren, so weit er sehen konnte, fort. Die Lichtung lag verlassen. Mit einer gründlicheren Inspektion hielt der Bär sich nicht auf. Es genügte ihm, daß der Lärm vor der üblichen Zeit zu Ende gegangen war und die Menschen mitsamt ihren Maschinen, die sie bis jetzt am Abend niemals mit sich genommen hatten, verschwunden waren. Er kehrte wieder in die Nähe des gestrigen Futterplatzes zurück, legte sich in eine Dickung und wartete auf sein tägliches Fleisch. Es kam, wie es seit einer Woche noch jeden Abend gekommen war. Der Bär machte sich keine Gedanken darüber, daß er, indem er dem Fleisch Tag für Tag folgte, immer näher an die Lichtung geriet. Es hat ein Bär wohl doch keine Gedanken.

Als er sich am Abend des folgenden Tages wie gewohnt vom alten Fütterungsort mit der Nase auf die Suche nach dem neuen machte, endete diese Suche diesmal zwischen den Bäumen, die den noch stehenden Rand der Windwurflichtung bildeten, aber an einer anderen Stelle als der, die er gestern aufgesucht hatte, um der Ursache für den verebbenden Maschinenlärm nachzugehen. Der Weg auf die Lichtung war von hier aus ganz frei; der Bär mußte sich nicht mehr an umgestürzten Bäumen aufrichten, wenn er über sie hinwegblicken wollte. Während er unter den Bäumen stand, eine der Vordertatzen besitzergreifend auf frisch gelieferte Rinderrippen gestellt, konnte er ungehindert in eine breite, von jeglichem toten Holz geräumte Schneise hineinschauen. An ihrem Ende, wohl hundert Meter entfernt und dicht vor dem jenseitigen Waldrand, mit dem Rücken hineingebaut in ihn und auf vier Baumstelzen stehend, die höher waren als ein hoch aufgerichteter großer Bär, stand eine Jagdkanzel. Der Bär konnte damit nichts anfangen; er hatte dergleichen noch nie gesehen. Er hatte auch den Tod noch nie gesehen. Nun sah er ihm geradewegs in die leeren dunklen Augen. Sein Herz schlug dabei nicht schneller, wie sollte es! Für seinesgleichen ist der Tod, kommt er im Nu, nichts anderes als ein erschrecktes Augenzucken. Nicht einmal, daß es ein letztes Augenzucken gewesen sein könnte, denken sie, wenn es sie trifft, denn was ist das: das Letzte?

Der Bär begann, von den Rippen zu fressen. Seine Henkersmahlzeit war das noch nicht. Nur die Henker tafelten schon.

Zum Aperitif gab es die Fragen nach dem persönlichen Wohlergehen, zur Fasanenconsommé mit Käsecroutons eine Revue der von Fachkräften aufbereiteten Projekte, zum Zander vom Grill mit Zitronenbutter und neuen Kartoffeln die Kreditvolumina, zum Rehrücken an Wacholdersauce mit böhmischen Serviettenknödeln die Laufzeiten der Kredite, zur weißen Schokoladenmousse die Zinssätze und zum türkischen Mokka die Garantie der politischen Stabilität. Beim neunzigjährigen Armagnac schließlich kam man zur Sache. Der Diktator (Anwesende ausgeschlossen) zog aus der Brieftasche eine Fotoserie, die einen kapitalen Rehbock im Vorher-Nachher-Aufnahmemodus zeigte, und ließ die Bilder in diesem kleinen Kreis aus hochrangigen Jagd- und Finanzexperten herumgehen. Ein großer Ernst trat in die Gesichter. War das am noch lebenden Bock zu sehende Gehörn schon beeindruckend genug, so sprengte es am toten wegen seiner nun großen Nähe zur Kamera alle bekannten Dimensionen. Kein Zweifel, dies war eine Weltrekordtrophäe, und sie würde, sagte der Diktator, auf der nächsten Weltausstellung der Jagd, wohl im Westen, seinem Land Ehre machen. Nicht nur dem Land, sagte Joop, und er hob sein Glas: Waidmannsheil!

Der Diktator sagte: Waidmannsdank! Mit diesem Deutsch gab es keine Schwierigkeiten.

Man ging nach nebenan, wo Zigarren gereicht wurden. Der Armagnac ging überraschend gut zusammen mit den handverlesenen kubanischen Sorten, die Fidel Castro dem *querido amigo* zu schicken pflegte. Als die blauen Schwaden unter den Lampen dichter wurden und die Stimmung gelöster, kam dem großen Mann, um den man sich stehend geschart hatte, eine Idee. Er winkte einen der bedienenden Jäger herbei, ging mit ihm, ihn beinahe herzlich beim Arm nehmend, ein paar Schritte abseits und gab ihm einen Auftrag, dessen Ungewöhnliches und wohl auch Kompliziertes am Gesicht des Jägers abzulesen war. Geheimnisvoll lächelnd kehrte der Diktator in die Runde zurück, sagte aber über seinen Einfall nichts. Während er mit Joop dessen Mißgeschick beim gestrigen Ansitz auf einen starken Rehbock erörterte, ihm sein Bedauern ausdrückte und unter höflicher Abwehr Joops für eine neue, der Sache angemessene Jagdgelegenheit zu sorgen versprach (den Sachbezug für die Angemessenheit der Beute aber nicht nannte), gingen beide Flügel der Tür auf, und durch das Spalier von vier unter den Rahmen tretenden Jägern trug ein fünfter, grün uniformiert wie die anderen, auf einem großen silbernen Tablett, wie es dem dekorativen Servieren von Eisbomben dienen mochte, das abgeschärfte, an den Schnitträndern mit weißen Damastservietten und frischem Tannengrün umkränzte Haupt des Rehbocks mit der Weltrekordtrophäe herein. Es kam offensichtlich aus einem Tiefkühlschrank, denn die offenen, glasigen Augen beschlugen sich in der Wärme des Raumes. Am Genick war das Haupt unsichtbar unterlegt, so daß das Gehörn wie am lebenden Tier nach oben wies, wodurch es freilich in eine heikle Gleichgewichtssituation geriet. Als das Arrangement — eine Folge seiner hastigen Zurichtung wohl — tatsächlich nach der Seite zu kippen drohte, traten zwei der Spaliersteher hinzu und legten beidseitig rasch Hand an. So kam die Gruppe unter dem dezenten Händeklatschen der kleinen Gesellschaft in die Raummitte, wo sie das Tierhaupt auf einem eilends herbeigezogenen Clubtisch abstellte.

Joop spürte Übelkeit in sich aufsteigen beim Anschauen der sich langsam wieder klärenden Augen, wodurch sich der tote Blick belebte und Joop sich von ihm unangenehm befragt fühlte. Doch hätte er nicht zu sagen gewußt, wonach der Bock ihn zu fragen schien. Von den anderen bemerkte keiner dieses Augenspiel und seine Wirkung auf Joop; ihre ganze Aufmerksamkeit gehörte dem Gehörn. Es ekelte Joop auch vor der leicht herausgequollenen Zunge, obwohl sie innen im Maul mit einem quer zu den Kiefern liegenden Tannenreis geschmückt war, dem *letzten Bissen*.

Vielleicht wäre Joop nicht von diesem Unwohlsein befallen worden, hätte er beim Bedenken dessen, was er sah, lieber *Lichter* statt Augen gedacht, *Äser* statt Maul und *Lecker* statt Zunge. Aber der Zahlenmensch Joop, für den jegliche Art von Schönung einer Bilanzfälschung nahekam, tat sich, wie man weiß, schwer mit dem Deutsch der Jäger, welches alles, was krude ist oder blutig am Waidwerk, oder beides zugleich, mit solch sanften Wörtern kamoufliert, daß die Dinge ihren Schrecken verlieren, ja, um ihrer sprachlichen Schönheit willen beinahe wünschenswert werden, in jedem Fall aber läßlich und damit vergebbar durch den Geist: Ego te absolvo. Für Joop war es dasselbe in Grün.

Weil er immer noch unter einem leichten Ekel litt, beteiligte er sich nicht an der kenntnisreichen, knöcherne Punkte addierenden Bewertung der Trophäe, was aber niemandem auffiel, weil die engagierte Unterhaltung in der Landessprache geführt wurde. Schließlich trug man auf einen Wink des Diktators das Tablett mit dem Rehhaupt hinaus und wandte sich anderen Dingen zu. Joop fühlte sich gleich besser. Von gelegentlichen, stichwortartigen Verdolmetschungen ins Bild gesetzt, erfuhr er, daß nun von einem Bär die Rede war, einem ungewöhnlich großen Tier, das aus den Alpen in ein waldreiches Mittellandrevier eingewandert sein mußte, weil es dort nie zuvor gesehen worden war, ein extrem scheues Tier auch, so daß bisher nur der Wildhüter jenes Reviers diesen Bär zu Gesicht bekommen habe, er und — man lachte herzlich — ein armer Hund von einem

Köhler, den der Bär, als er ihn holzsammelnd auf allen vieren am Boden herumkriechen sah, für ein Wildschwein gehalten haben mußte, ihn auch anfiel, aber nicht tötete, nicht einmal sehr verletzte, weil er sich totgestellt hatte. Es sei anzunehmen, mutmaßte man, daß es die beiden mit der Angst voreinander zu tun gekriegt hätten. Nun werde über die Erlegung dieses Bären nachgedacht, er sei alt und gefährlich — das hätte eine Kommission Seiner Exzellenz in die Hauptstadt berichtet, und der große Mann überlege seither, ob nicht er diesen Bär strecken sollte; die Region würde sich geehrt fühlen.

In Joop stieg eine wahnwitzige Gewißheit auf, die ihn in dieser Runde im Rang neben den Diktator rückte. Sie ging einher mit einer Hitzewallung, deren Wiederschein sich als feurige Rötung auf seinem Gesicht ausbreitete, und als fehle es ihr, weil starke und auch widersprüchliche Gefühle sie immer wieder neu anfachten, an Platz, lief diese Rötung Joop auch noch über den Hals in den Kragen und kam schließlich schweißig zu den Hemdmanschetten heraus, ins Innere seiner Hände, die er daraufhin in den Jackentaschen verbarg. Alle bemerkten es, und alle schwiegen. Die Rauchschwaden vor dem Licht zogen schleierig wie Wolken, die einen Wechsel des Wetters anzeigen. Joop fingerte nach dem Kragenknopf, rief sich aber zu: *Nur das nicht!* Doch dieser tief aus seiner Seele kommende Angstruf galt nicht allein der Banalität eines so oder anders getragenen Hemdknopfes. Joop fürchtete bereits, was er erst erhoffte, und wußte schon, was er noch nicht wissen konnte. In seinem Kopf war plötzlich die Erinnerung an jenen Abend bei sich zu Hause, als er bei laufendem Fernseher in Arbeit vertieft gewesen war und dann der zornige Schrei eines Grizzlys sein Bewußtsein überschwemmt hatte.

Versonnen und auf eine Weise lächelnd, von der sich hätte sagen lassen, der Diktator lächle seinen eigenen Gedanken zu, blickte dieser Joop an, und so anhaltend auch, daß es bald nicht mehr schwer zu erraten war, und alle in der Runde es auch errieten, was der große Mann in seinem Herzen bewegte. (So, stets mit dem Herzen bei der Sache, sahen sie ihn, sah ihn das Volk, wenn er das Wohlergehen des Staates bedachte.) Aber in seinem Herzen waren des Diktators Gedanken wohl doch nicht, als er Joop den Bär anbot.

Sein nächstes Fleisch fand der Bär auf der Schneise, die in einer Breite von zwanzig Metern quer über die Köhler-Lichtung führte. Sie war dreimal so lang wie breit, und rechts und links wurde sie von den übereinandergestürzten Bäumen des nicht geräumten, noch immer mannshoch liegenden Windwurfs begrenzt. Am Schneisenende, vor dem stehenden Wald, befand sich die Jagdkanzel. Außer dem Mann, der das tägliche Fleisch brachte und wieder ging und der ein Teil des schweinischen Wohlbehagens geworden war, das sich nun tagaus, tagein in seinem Gedärm breitmachte, hatte der Bär seit dem Abzug der Arbeiter keine Menschen mehr gesehen. So vergaß er sie. Die Kanzel, in der sich nie etwas rührte, war für ihn wenig anderes als eine absonderliche Zusammenfügung von Baumstämmen, und gleich den ebenfalls zu absonderlichen Mustern gefügten Windwürfen erinnerte auch die Kanzel ihn an nichts, das in seinem Gedächtnis als gefährlich bewahrt war. Also vergaß er auch die Kanzel. Seine Aufmerksamkeit galt nicht einmal mehr dem Kommen des Fleischmannes, sondern nur noch dessen Weggehen; darauf hatte er acht, weil es ihm sagte, daß es nun Zeit war, sich aus dem Versteck zu wälzen und zu einem neuen ungestörten Fressen zu gehen, gemächlich, denn es eilte ihm nicht mehr; schon war er, nach einer ausgiebigen Wurzelknollenmahlzeit am Tage, am Abend danach in Versuchung gewesen, im Lager liegenzubleiben und eine Fleischmahlzeit auszulassen, war dann aber doch gegangen. Seine Gier, die auch Neugier war auf einen anderen, vielleicht noch nicht gekosteten Fleischgeschmack und die Ereignislosigkeit eines die Glieder mehr ermüdenden als sie erfrischenden langen Tages hatten seine satte Trägheit besiegt. So vergaß er erst die Menschen, dann die Kanzel und schließlich beinahe sein Mißtrauen, das er zeitlebens geübt hatte.

Eine Nacht und einen Tag vor der Nacht, die seine letzte sein sollte, blieb der Fleischbringer aus. Als der Bär des Wartens auf ihn überdrüssig geworden war, ging er aus der Dickung und suchte die ganze Schneise ab, von einem Ende zum anderen, kreuz und quer, bis unter die Kanzel, fand aber nirgends ein Fleisch. Er strich, da er nun schon einmal hier war, um die Kanzel herum, beroch ihre Beine, auch die Leiter, die in ihrem Rücken stand, richtete sich daran sogar kurz auf, fand aber alles Holz nur mit stark gealterter Menschenwitterung behaftet. So lief er muffig brummend und mit dem üblichen Kopfschaukeln der Bären, das man hier gut als einen Ausdruck von Ratlosigkeit hätte nehmen können, wieder über die Schneise zurück in den Wald. Seinen kleinen Hunger trug er mit sich in die Höhle im Schutz des Wurzeltellers der alten gestürzten Fichte.

Sein Hunger muß wachsen, sagte Duschan zu Joop, als er ihm seine Fütterungsstrategie erklärte. Das Wiedersehen der beiden war freundlich gewesen, herzlich beinahe bis an die Grenzen, die zwischen ihnen von ihrer nationalen Abkunft und vom großen Unterschied in ihrer sozialen Stellung gezogen waren. Duschan sprach ein dem jagdlichen Zweck genügendes Deutsch, das stets verbessert wurde von deutschen Jägern, die er auf Reh und Hirsch, selten auf einen Bär zu führen hatte.
Am Regierungssitz der Provinzhauptstadt, in den man Joop gebeten hatte, weil dort die Verwaltungshoheit über das Bärenrevier Duschans ausgeübt wurde, war er als Gast der Staatsspitze mit einer an Servilität grenzenden Zuvorkommenheit empfangen worden, die den, dem sie gilt, mehr entwürdigt, als daß sie ihn ehrt, ist doch nicht der Geehrte ihr Motiv, sondern eine nach weiter oben zielende, buckelnde Angst. Die Kommission, die die Geschehnisse rund um diesen Bär in die Hauptstadt gemeldet hatte, war in sein Hotel gekommen, nachdem er dort eingetroffen war. In der Halle hatte es alsbald neue, von unvermeidlichen Schnäpsen skandierte Begrüßungsreden gegeben, die Joop noch mehr zuwider waren als die, wenigstens ehrlichen, Schnäpse. Als man dann

auf den Bär zu sprechen gekommen war, hatte sich Erstaunen verbreitet, weil Joop mit einer Entschiedenheit, die Widerspruch wohl ausschloß, zwei Wünsche vorbrachte, die eher Bedingungen waren: Er bat um seinen alten Jagdführer, Duschan sei sein Vorname, mehr wisse er leider nicht mehr (sein Konsonantenproblem verschwieg er höflich), und zweitens werde er exakt die Summe Geldes bezahlen, die der Abschuß dieses Bären kosten würde, hätte er ihn, wie üblich, über das Jagdtouristikbüro gebucht. (War das, hatte Joop sich sofort gefragt, wirklich sein Ausdruck gewesen — *gebucht*?) Man möge ihm also, bitte, den Preis nennen, nichts davon nachlassen und schon gar nicht versuchen, ihn umzustimmen; er nehme diesen, der Kommission anzusehenden Wunsch, einen solchen Versuch zu machen, für die der Pflicht genügende Tat, aber er müsse auf Bezahlung bestehen. Eine Begründung hatte Joop nicht gegeben, aber allen Anwesenden war klargewesen, daß der deutsche Bankier seine Unabhängigkeit als Kreditbeauftragter der Weltbank gewahrt sehen wollte.

Duschan als Jagdführer, das sei kein Problem; er wäre, weil örtlich zuständig, ohnehin delegiert worden. Aber das Geld des ehrenwerten Herrn anzunehmen, das sei eine ganz andere Sache, Anlaß vielleicht für eine ernste Verstimmung, schließlich handele es sich um eine Einladung von allerhöchster Stelle. Man werde telefonieren müssen. Joop hatte dazu nur bemerkt, er werde das Geld in jedem Fall hinterlegen. Um die ungute Sache endlich vom Tisch zu bekommen, hatte er, entgegen seinem festen Willen zu zahlen, hinzugefügt, es könnte ja später höheren Orts darüber entschieden werden. Das war der Kommission akzeptabel erschienen. Sich mit der Noblesse des Geldmannes von ihr abwendend, hatte Joop an einem Wandtisch einen Scheck über die Summe ausgestellt, die man ihm, gleichwohl peinlich berührt, genannt hatte: fünfzigtausend Deutsche Mark. Dann war Duschan gerufen worden, und es kam zur besagten Begrüßung, die so gar nichts Überhebliches auf seiten Joops wie auch nichts Unterwürfiges bei Duschan gehabt hatte. Sie waren nun Jäger, mehr nicht der eine, weniger nicht der andere, und noch am selben Abend machten sie sich auf den Weg zur Köhler-Lichtung.

Duschan führte ein Pferd mit sich, ein kleines Tier, das schon graugesichtig war, stichelhaarig und miserabel im Futter. Sein Fell war an Stellen, denen offenbar zeit seines Lebens das Zuggeschirr aufgelegen hatte, abgeschabt. Ihm aufgebunden war ein großer, zu beiden Seiten herabhängender Beutel mit Duschans Gerätschaften, zwei Decken und etwas Proviant, denn sie gingen in eine lange Nacht. Ihre Büchsen trugen sie umgehängt, man war in Bärenland. Joop wunderte sich flüchtig, daß das Pferd kein

Fleisch für den Bär trug, sagte aber nichts und vergaß es, wie denn überhaupt das Sprechen zwischen ihnen bald ganz aufhörte, teils weil Duschans Deutsch gezielteren Fragen Joops doch nicht gewachsen gewesen wäre, teils auch, weil die Annäherung an Wild Schweigen gebot.

Ein letzter Wortwechsel hatte stattgefunden, als sie die Ebene, aus der sie kamen, durch einen Tunnel verlassen hatten, der sie unter einer Autobahn hindurch, an einem abgeernteten Maisacker vorbei, zum bergwärts ziehenden Hochwald führte. Hier, an diesem Maisacker, hätte er Sohlenabdrücke des Bären gefunden und darum gewußt, wo dieser in den großen Wald gegangen war. Joop hatte unvermittelt, so als sei ihm etwas in den Kopf gekommen, gefragt, wie der Streckenabschnitt der Autobahn hier heiße und den Namen, als er ihn hörte, sich zur Verwunderung Duschans buchstabieren lassen. Danach hatten sie geschwiegen. Aber in Joop waren bei der Nennung dieses Namens Gedanken in Gang gekommen, denen er um so mehr ausgesetzt war, als der Weg, den sie nahmen, bergwärts und außerhalb des Waldrandes, keine große Aufmerksamkeit verlangte; zudem war es bei zunehmendem Mond sternenklar. Duschan ging am Kopf des Pferdes, Joop hinter dem Schweif.

Er spürte eine Hitze in sich aufsteigen, die vom nur mäßig steilen Weg nicht kommen konnte. Sie kam von dem nun zur Gewißheit gewordenen Verdacht, daß sein Schicksal mit dem dieses Bären schon sehr viel länger verknüpft war, als er wußte. Er hatte in der Provinzhauptstadt, bei der Jagdbehörde, von Ermittlungen gehört, die das Woher dieses Bären betrafen, und da gab es Meldungen aus einer benachbarten Alpenrepublik, daß in einem ihrer stillen Seitentäler, Joop erfuhr auch dessen Namen, viele Jahre lang ein einzelner Bär gelebt habe, aber verschwunden sei, seit dort die Arbeiten an einem Staudamm begannen. Den Namen des nach diesem Tal benannten Entwicklungsprojektes mußte man Joop nicht buchstabieren; er war einer der großen Finanziers. Auch die Autobahn, die das Bärenland zerschnitt, war in ihren Finanzierungsaspekten über seinen Tisch gegangen, und ihren Weiterbau hatte er gerade erst gutachterlich befürwortet. Das war noch nicht alles. Er entsann sich hiesiger Planungen, die Exportchancen besser wahrzunehmen, die diese an den kapitalistischen Westen angebundene Autobahn der Forstwirtschaft des Landes eröffnete, wenn man die Nutzung der großen Wälder durch Forststraßenbau und Großmaschineneinsatz beim Holzeinschlag intensivierte. Joop hatte die zu kreditierenden Investitionen, als New York ihn fragte, gutgeheißen, es käme durch die Verwirklichung der Vorhaben die Abdeckung schon gewährter Kredite ein gutes Stück voran. Es war in den Unterlagen noch der detaillierte Vorschlag enthalten gewesen, die angestrebte wirtschaftliche Öffnung der Wälder auch für den Tourismus zu nutzen, Walddörfer zur Vermietung zu errichten, Spielplätze und Schutzhütten zu bauen und Lehrpfade und Feuerstellen anzulegen. Auch Parkplätze in Verbindung mit Wildgattern könnten, so hatte es in den Papieren geheißen, eine Bereicherung des infrastrukturellen Angebots sein. Joop erinnerte sich deshalb an letzteres so genau, weil er dazu bewußt keine Stellung genommen hatte; die dem Wild abträgliche Beunruhigung der Wälder durch den Tourismus war ihm aus der deutschen Jagdpresse wohlvertraut.

Joop neigte zuweilen zu einer Zuspitzung der Gedanken. Auch galt, da es auf Mitternacht ging, wieder seine Maxime, den Tag mit einem wahren Gedanken zu beschließen, nicht nur im Bett. Und so dachte er: *Du hast diesen Bär schon umgebracht, noch bevor du ihn töten wirst.* Indem er sich unter Drehen des schweißig gewordenen Halses und mit ungeduldigem Zugriff der Finger den Kragen fast aufriß, steigerte er seine Wahrheitssuche noch, weil nun neues Denken nicht nur im äußeren Habitus sichtbar, sondern durch ungehinderten Blutwechsel im Gehirn auch frei wurde: *Diese protzige Büchse auf seiner Schulter und ihr goldverzierter Lauf kühl an seiner Wange und ihr seidenglatter, im Sternenlicht schimmernder Schaft warm in seiner Hand, diese teuren Jagdkleider aus feinstem Tiroler Loden, dieser Rucksack aus weichem grüngefärbtem Hirschleder, dieser silberne Flachmann in seiner Brusttasche mit dem alten Schwei-*

zer Eau de vie, diese kubanischen Zigarren einzeln in ihren Silberhüllen im Rucksack, diese goldenen und silbernen Jagdnadeln an seinem Wiener Habighut, und das elende bergwärts strauchelnde lebensmüde Pferd und Duschans bis zur Schäbigkeit abgetragene Sachen und sein löchriger stinkender Knappsack da vorn am Pferd und seine Sprudelflasche mit dem billigen Fusel darin und seine naßgelutschten billigen handgedrehten Zigaretten und die fleckige zerknautschte schiefsitzende Ballonmütze ...

Nichts paßte zusammen, paßte nicht zum Ort und nicht zur Stunde, und all sein eleganter und teurer Kram war zu nichts nutze ohne Duschan da vorn mit seinem Tand und seinem elenden, lebensmüden, strauchelnden Pferd. Ohne ihn fände er nicht, was er suchte, sähe er nicht, was er sah, rettete ihn das Gold am Gewehr nicht vor der Hilflosigkeit im Wald, das alte Eau de vie nicht vor der Verzweiflung. Alles paßte zu nichts, dachte Joop, alles taugte zu nichts, alles war so peinlich falsch und den Dingen prätentiös aufgesetzt. Es ging ihm das Handwerkszeug über das Handwerk, die Gebrauchsgegenstände über deren Gebrauch. Es ging ihm der Schein über das Sein.

Joop war in einem seelischen Zustand, der an Panik grenzte, wie neulich, als er in der Annäherung an Maris steinernen Fasan und über die Abzweigung zu ihm hinaus den Besuch aufzugeben erwogen hatte. Nun erwog er, das ganze Unternehmen Bärenjagd abzubrechen, spielte gar die Einzelheiten, die ihm helfen würden, das Gesicht zu wahren, in Gedanken durch: vorgetäuschter Herzanfall, stöhnendes Aufsitzen auf das Pferd, Rückkehr zu Wagen und Chauffeur beim Dorf Duschans, sofortige Abreise zur Grenze. Das Chaotische, ja Lächerliche seines Zustands wurde ihm erst bewußt, als er auch noch den zu einer Selbstentschuldigung vermeintlich tauglichen Gedanken hatte, daß es für das Fell des Bären an seinen heimischen Wänden eigentlich gar keinen Platz gäbe, er wohl auch keinen Gefallen daran finden würde. Dann schlug alles in ihm wieder um: Das Deutsche Jagdmuseum in München war eine Möglichkeit. Da könnte er es den bayerischen Freunden zeigen, daß seine wertvolle Bockdoppelbüchse keine Doppelbockbüchse war. Mit diesem Einfall und einer unsicheren Hand am klebrigen Schweif des Pferdes rettete Joop sich aus der Wirrnis seiner Seele.

Bevor es nun in den Wald ging, stieß aus der Dunkelheit seines Randes ein dritter Mann zu ihnen. Joop erschrak, weil er tief in Gedanken gewesen war, erinnerte sich aber gleich an den *Bärentäuscher*, von dessen Funktion Duschan ihm erzählt hatte. Dies mußte er sein, ein Wildhüter aus einem Nachbarrevier, abgestellt für das Gelingen der Jagd. Der Mann glich Duschan, soviel Joop sehen konnte, in allem: wenig zweckmäßige Kleider, Ballonmütze, Zigarette im Mundwinkel und einen Karabiner aus alten deutschen Wehrmachtsbeständen über der Schulter. Auf ein Vorstellungsgemurmel Duschans hin gaben sie sich flüchtig die Hand, dann ging es weiter, in den Wald hinein. Der Bärentäuscher setzte sich hinter Joop, und der sah, nun wieder bei Sinnen und sogar Humor, beim Vorsich- und Hintersichblicken im Mondlicht, bevor es von den Bäumen aufgeschluckt wurde, ein Bild, dem er bei sich den Titel gab: *Bewaffnete Revoluzzer führen reichen Jagdbourgeois ab*.

Gegen zwei Uhr morgens kamen sie auf der Köhler-Lichtung an. Joop fühlte sich überanstrengt vom langen Aufstieg durch dunklen, fast weglosen Wald und war in Sorge um seine ruhige Hand. Angst kroch in ihm hoch, er könnte den Bär zu seiner Schande verfehlen oder, schlimmer noch, ihn nur anschießen, so daß ihm die Flucht möglich sein würde und er verlorenging für immer. Tief atmete er die mit würziger Holzausdünstung stark versetzte Nachtluft ein, um seinen Kreislauf zu stabilisieren.

Dann geschah etwas, das Joop auch aus dem seelischen Gleichgewicht brachte, weil es überraschend kam; doch hätte er es bei ein wenig Nachdenken vorhersehen können: Duschan tötete das Pferd, um es zum Köder für den Bär zu machen. Während der andere Mann es beim Halfter hielt und ihm den alten Kopf tätschelte (was ihm zu Lebzeiten wohl nicht oft widerfahren war, dafür nun im Augenblick seines Todes um so herzlicher), setzte Duschan zwischen den Ohren einen hochgespannten Schußapparat an, wie die Metzger ihn in den Schlachthöfen benutzen, und drückte ab. Gleichzeitig mit einem harten metallischen Klicken stürzte das Pferd wie vom Blitz gefällt zu Boden; ein Dorn war ihm ins Gehirn gedrungen. Als Joop gleich danach im Mondlicht ein langes Messer aufscheinen sah, drehte er das Gesicht weg. Er ging die gut zwanzig Schritte zur Kanzel hinüber und stieg über die rückwärtige Leiter hinein. Als er auf der Holzbank saß und durch die Schießluke blickte, sah er über dem Hals des liegenden Pferdes eine kleine fette Wolke in der kalten Nachtluft stehen. Ihn fror.

Die beiden Männer waren in Eile; sie wußten den Bär nahe und zogen seinen gestrigen fleischlosen Tag ins Kalkül, auch war für sie schwer abzuschätzen, wie er auf das warme Pferdeblut und die ungewohnte Masse Fleisch reagieren würde. Da Joop schon in der Kanzel saß, kamen sie beide zu ihm herauf, der Bärentäuscher, um sich von dem Herrn zu verabschieden, wie Duschan sagte, in Wahrheit aber wohl, weil er auf ein Trinkgeld hoffte. Joop fingerte einen Hundertmarkschein aus der Jackentasche, den er dort für just diesen Zweck griffbereit verwahrt hatte; er kannte die Spielregeln. Ungläubig, vielleicht aber auch mißtrauisch, in jedem Fall ungeniert hielt der Mann den Geldschein durch die Schießluke nach draußen, ins Mondlicht, und zog ihn, wohl als er die Zahl erkannt hatte, mit einem freudigen Wort des Dankes wieder an sich. Joop übersah die ihm hingestreckte Hand, was wegen der Dunkelheit in der engen Kanzel kein Affront sein mußte. Er fühlte sich irgendwie beschmutzt. Das Wort *Blutgeld* kam ihm in den Sinn, und auch, daß es auf ihn zurückfiel. Er war froh, als der Mann ging. Sie hörten ihn noch lange absichtlich lärmig nach Holz und Steinen treten und sogar ein paar Takte pfeifen. Sein Weggang durfte dem Bär auf keinen Fall entgehen, er könnte sonst vom Luder fernbleiben.

Im Ungewissen darüber, ob sein Fleisch heute kommt oder wieder ausbleiben wird, rührt der Bär sich nicht aus seinem Lager unter der gestürzten Fichte. Der Wald bleibt still bis weit in die Nacht. Dann hört er Schritte, doch sie sind weit, und für die Nase geben sie nichts her, der Wind steht weg von ihm. Aber er kommt schon mal aus seinem Loch, schüttelt sich die Erde aus dem Fell, gähnt mit so weit aufgesperrtem Maul, daß die Kiefer knacken wie ein brechender Ast, und läßt sich auch sonst Zeit mit dem Abmarsch zum erhofften Luder. Als er endlich geht, geht er ohne Hast und so lautlos, als berührte er den Boden mit Daunenkissen und nicht mit vier brotlangen krallenbewehrten Sohlen.

Es dauert, bis er an die Köhler-Lichtung kommt. Nebel weht ihm entgegen und wird um so dichter, je mehr sich der Bär der Schneise nähert. Es ist ein fettiger Nebel. Es ist ein blutiger Nebel. Es ist ein fleischiger Nebel. Es ist ein Nebel zum Draufkauen, und der Bär kaut ihn und zieht ihn sich in die Lungen und verdünnt ihn mit Speichel, so dick ist dieser Nebel, nun, da der Bär am Anfang der Schneise steht, die tot vor ihm liegt mit dem Kadaver drauf, der diesen Geruchsnebel braut. In der Ferne vergeht das Schrittgeräusch des Mannes, der das Fleisch brachte. Der

Bär seufzt – was immer die sagen mögen, die sagen, daß ein Bär nicht seufzt. Er seufzt vor Lust, kann den Speichel nicht halten und nicht mehr die Beine, die unter ihm zu laufen beginnen, als trügen sie nur seine Lust und nicht seinen schweren Leib. Am Kadaver angekommen, macht er sich lächerlich, ist ein ungeschlachter Teddybär, der plötzlich auf seinem Steiß sitzt, mitten im Pferdeblut, in das er schlitterte, als er den schlecht kalkulierten Lauf zur Beute abbremsen mußte, Beine voraus auf einem Boden, der lehmig und nackt ist, zerwühlt von den Forstmaschinen, mit denen sie die Lichtung hier räumten, und glitschig von Blut. In kleinen Pfützen steht es um den Kadaver. Der Bär schlappt mit der Zunge dran herum, läßt es aber bald wieder bleiben. Vom Blutaufschlappen wird ein Bär nicht satt, schon gar nicht ein großer Bär. Also schlägt er die Reißzähne in den Bauch des Kadavers und will ihm ans Gedärm, blind und taub und stumm und dumm vor Gier. So trifft ihn Joops Kugel.

Sie kommt aus einem Feuerschein, der so grell ist, daß er nicht nur den Schützen und dessen Beute blendet, sondern auch den Mond, der sich eine Wolke vors Gesicht zieht. Und die Kugel kommt aus einem Krachen, das dem Bär nicht nur das Gehör nimmt, sondern vor Schock auch den Schmerz in der zerfetzten linken Schulter. Für den Blitz, für das Krachen und für den Schock, auch für die zerstörte Schulter sorgte ein Fingerdruck so federleicht, daß

eine Ameise, hätte sie sich zwischen Joops Finger und den Abzug seiner Büchse geschmuggelt, davon nicht getötet, nicht einmal ernstlich gequetscht worden wäre. Joops Nacken wird gänsehäutig, Mari steht hinter ihm: *Wir können uns das nicht leisten!*
Die Kugel, die er dem Herzen des Bären antrug, passierte knapp darüber und trat unter der letzten linken Rippe wieder aus, wo sie zum Bauch des Bären auch noch den des Pferdes öffnete, so daß sich die grüne Brühe aus dem einen mit dem roten Blut aus dem andern mischt. Es sickert und tropft und spritzt auch ein wenig im Rhythmus der Herzschläge. Darüber verebbt der Schock in langen Wellen. Sie pulsen an die Innenwände des Bärenschädels und überschwemmen die Augen mit rotem Schmerz. Eine ungerichtete Wut befällt den Bär, und er brüllt sie hinaus. Es ist ein Brüllen, das die Nacht spaltet und den Wind weckt, der in die Bäume fährt, daß sie aufrauschen. Zwischen zwei Stimmstößen steht er auf, kerzengerade und hochgereckt das gleich wieder brüllende Maul. Der linke Arm hängt ihm wie ein windleerer Luftsack am Leib, den rechten hebt er gegen die Kanzel und macht ein paar taumelnde Schritte auf sie zu. Joop sieht das und hört den Bär rufen: *Was tust du mir an?* Aber der Bär ruft nichts, sein Rufen ist in Joops Kopf, er brüllt ja nicht einmal mehr. Seine Stimme verröchelt im Blut, das ihm aus einem kaputten Lungenflügel über die Stimmbänder ins Maul läuft. Er kaut nun sich selber.

Wie er so dasteht, bietet er Joop die Brust, und Joop denkt in wilder Trauer, daß es Zeit ist, die *Hinrichtung* zu Ende zu bringen. Er sucht das Herz im Visier, atmet tief, hört auf zu atmen und bringt das Fliegengewicht seines Fingers auf den vergoldeten Abzug. Was daraus wird, sieht er nicht im Feuerschein des Schusses. Dafür weiß er, was nun im Leib des Bären geschieht: Die Kugel treibt in den Körpersäften eine Bugwelle vor sich her, die Gefäße und Nerven zerreißt. Im Durchgang zum Herzen faltet sich ihre weiche Bleispitze auf zum Pilz und verbreitert den harten Kern ums Doppelte seines Kalibers.

Und als ob das noch immer nicht genug ist zum Sterben, zerlegt sich ein Teil des Geschosses in Splitter, die dem Bär auch noch die großen Brust- und Rückenmuskeln spicken. Was nun noch übrig ist von Joops Geschoß, das legt sich hinter dem Herzen quer, wie ermüdet von dessen Lebenskraft, hat aber noch genügend Energie, um im Rücken des Bären einen handtellergroßen Krater aufzureißen, aus dem das Blut blasig wie Lava herauskocht. Es stehen wieder kleine fette Wolken in der Nachtluft.

Aber lange bevor Joop dies alles auch nur denken kann, ist der Bär über dem Pferdekadaver tot zusammengesunken. Joop entblößt sein Haupt. Duschan sagt *Waidmannsheil!*, wie es deutsche Jäger ihm beigebracht haben, und reicht Joop die Schnapsflasche. Joop murmelt ein verlegenes, verlogenes *Waidmannsdank!* und trinkt von dem Fusel. Aber nicht der Fusel schüttelt ihn jetzt durch, schüttelt ihn, bis er versteinert, stieren Blicks und stumm. Duschan spürt diese Not, versteht sie aber nicht. Er geht. Der Mond geht schließlich auch, so lange sitzt Joop allein in der Kanzel. Der Nachtwind hat die Finger sanft im Fell des Bären.

Drei Wochen später und längst zurück wieder in der Schweinebucht seines Schreibtisches, empfängt Joop einen Brief der regionalen Jagdverwaltung dieses östlichen Landes. Er öffnet ihn mit großem Unbehagen, nicht, weil er den Inhalt zu fürchten hätte (sie würden ihm das Fell avisieren, die ihm zustehende Trophäe), sondern weil er von dieser Geschichte nichts mehr wissen will. Er trägt wieder Kammgarn, blau.

Fast war es ihm gelungen, die Hinrichtung des Bären über der vielen Arbeit, die er nach seiner Rückkehr willentlich auf sich gezogen hatte, wenn schon nicht zu vergessen, das war unmöglich, so doch sie zu verdrängen. *Hinrichtung* — dies Wort hatte sich zu seinem Leidwesen in ihm verhakt, er konnte an die Tötung nicht denken, ohne daß es in sein Gewissen stach. Das Wort war wie ein Titel unter dem Bild vom schrecklichen Ende des Bären. Als es so gar nicht aus seiner Erinnerung weichen wollte, besonders nachts nicht, nachdem er am Waffenregal vorbei ins Bad gegangen war, um sich für den Schlaf zu richten, da rettete er sich in einen Zynismus, der ihn, so war es immer gewesen, auch nach den dubiosesten Affären und Geschäften schließlich wieder lachen ließ, wie hohl und falsch auch immer. Der Zynismus hieß: *Ich habe bezahlt und habe bekommen, was ich bezahlt habe, basta.* Er hatte für den Bär bezahlt, und nun kriegte er das Fell des Bären — war noch was? Auf diese probate Weise hatte Geld noch immer die schiefgelaufenen Dinge seines Lebens wieder zurechtgerückt.

Der Brief setzte ihn nach einleitender Beglückwünschung zum vorzüglich gelungenen Abschuß davon in Kenntnis, daß die Vermessung und Bewertung der Trophäe durch die dafür zuständige Kommission einen jagdlichen Punktwert ergeben habe, der im Bereich des ganz Außerordentlichen liege, nahe beim bisherigen Weltrekord für *Ursus arctos Linné*, den europäischen Braunbär. Die Decke falle darum in eine Trophäenkategorie, deren Ausfuhr aus nationalen Gründen vom Gesetz nicht erlaubt werde, so daß der sehr geehrte Herr auf sie verzichten müsse. Man werde sie in einem ihrem Wert entsprechenden gläsernen Rahmen in ein Jagdmuseum geben und sich erlauben, Ort und Tag des Abschusses sowie seinen, Joops, Namen als den des Erlegers auf einer Messingtafel von feiner Gravur dem Publikum zur Kenntnis zu bringen. Selbstverständlich sei mit der Einbehaltung der Trophäe die Rückgabe der Abschußgebühr ohne jeden Kostenabzug verbunden, und man erlaube sich, den noch nicht eingelösten Scheck des hochverehrten Herrn als Anlage diesem Schreiben beizufügen und würde sich freuen, den Herrn bald wieder zur Jagd ... und so weiter.

Joop ließ den Brief mit einer Geste, aus der Ratlosigkeit sprach, auf die lederne Schreibunterlage fallen. Als er das Kuvert vom Tisch nahm, um nach dem Aufgabeort zu sehen, fiel sein Scheck heraus und trudelte, impertinent langsam, wie Joop fand, als sollte er damit verhöhnt werden, zu Boden. Er konnte ihn da nicht gut liegen lassen, und so mußte er seinem Geld, das er nicht loswerden konnte und das gerade angefangen hatte, durch die Hingabe für den Bär sein lädiertes Gewissen zu heilen, auch noch nachlaufen, sich zu ihm hinunterbücken und es schließlich aufheben. Ärgerlich zerriß er den Scheck und stopfte die Schnipsel in die Hosentasche, dies diskreteste Depot männlicher Unsicherheiten.

Drei Tage danach gab Joop einem Spediteur Anweisung, das Dianabild in seinem Arbeitszimmer Mari in die Vereinigten Staaten zu schicken. Und am selben Tag noch beauftragte er einen Glaser, vor dem Waffenregal in der Korridorwand bei sich zu Hause eine starke und verschließbare Scheibe einzubauen. Der Handwerker empfahl Muscumsglas.

Romane von Daphne DuMaurier

(781)

(1006)

(1292)

(1742)

Weitere Romane von Daphne DuMaurier bei Knaur:

Plötzlich an jenem Abend (539)

Nächstes Jahr um diese Zeit (824)

Träum erst, wenn es dunkel ist (1070)

Die standhafte Lady (1150)

Des Königs General (1268)

Ich möchte nicht noch einmal jung sein (1381)

Romane von Johannes Mario Simmel

Von Johannes Mario Simmel sind außerdem bei Knaur erschienen:

Bis zur bitteren Neige (118)
Liebe ist nur ein Wort (145)
Lieb Vaterland magst ruhig sein (209)
Alle Menschen werden Brüder (262)
Und Jimmy ging zum Regenbogen (397)

(1393)

(1570)

Foto: Isolde Ohlbaum

Es muß nicht immer Kaviar sein (29)
Der Stoff aus dem die Träume sind (437)
Die Antwort kennt nur der Wind (481)
Niemand ist eine Insel (553)
Ein Autobus groß wie die Welt (643)
Meine Mutter darf es nie erfahren (649)
Hurra, wir leben noch (728)
Zweiundzwanzig Zentimeter Zärtlichkeit (819)
Wir heißen Euch hoffen (1058)
Die Erde bleibt noch lange jung (1158)

(1731)

(2957)